U0523801

你是我不及的梦

三毛 著

北京出版集团公司
北京十月文艺出版社

青马(天津)文化有限公司
出 品

目录

第一辑

3　撒哈拉之心

7　旗帜鲜明地活着——读王新莲

第二辑

17　一个无名的耕耘者

25　同在撒哈拉

31　我进入另一个新天地

39　我的笔友张拓芜

45　我与文亚

51　呼唤童年——记忆里的关渡

55　徐訏先生与我——纪念干爸逝世一周年

69　孤独的长跑者——送高信疆

79　恋爱中的女人

91　六天

101　重建家园——将真诚的爱在清泉流传下去

117　百福被

121　走不完的心路——蔡志忠加油

133　我的弟弟星宏

139　暗室之灯——送别顾祝同将军

149　又见笨鸟

157　戏外之戏——为《棋王》戏剧公演而作

165　我在路边大叫——谏飙车

173　我看《凌晨大陆行》

185　你们为什么打我？

191　夜深花睡

195　读书与恋爱

203　欢喜

211　你是我不及的梦

219　附录　三毛大事记

第一辑

只要活着一天,就必然一次又一次的爱着你——撒哈拉。

没有乡愁,没有离開過你。

如果今生有一個女人,她的丈夫叫她撒哈拉之心,那麼如果他们有一個女兒,那個名字必要被錫爲:撒哈拉·阿非利加。

撒哈拉之心

曾经这么想过,如果有一天,有一个女儿,她必要被称为:撒哈拉·阿非利加·葛罗·陈。SAHARA AFRICA QUERO CHEN。

这个名字,将是她的父亲、母亲和北非沙漠永恒的结合与纪念。

沙漠的居民一再地说——那些沉迷安乐生活,美味食物和喜欢跟女人们舒舒服服过日子的人,是不配去沙漠的。

虽然自己是一个女子,却实实在在明白了这句话里的含意。

也许,当年的远赴撒哈拉,最初的动机,是为着它本身的诡秘、荒凉和原始。

这一份强烈的呼唤,在定居下来之后,慢慢化生为刻骨铭心的爱。愿意将它视为自己选择的土地，在那儿生养子女，安居乐业，一直到老死。

每一日的生活和挑战，在那笔墨无以形容的荒原里，烧出了一个全新的灵魂。在生与死的极限里，为自己的存活，找出了真正的意义。

撒哈拉的孤寂，已是另一种层面的崇高。大自然的威力和不可测出的明日，亦是绝对的。

在那一片随时可以丧失生命的险恶环境里，如何用人的勇气和智慧，面对那不能逃避的苦难——而且活得泰然，便是光荣和价值最好的诠释了。

大自然是公平的，在那看似一无所有的荒原、烈日、酷寒、贫苦与焦渴里，它回报给爱它的人，懂它的人——生的欣喜、悲伤、启示、体验和不屈服的韧性与耐力。

撒哈拉沙漠千变万化，它的名字，原意叫做"空"。我说，它是永恒。

沙漠里，最美的，是那永不绝灭的生命。

是一口又一口隐藏的水井，是一代又一代的来和去，是男女的爱恋与生育，是小羊小骆驼的出世，是风暴之后的重建家园。是节日，是狂欢，是年年月月日日没有怨言的操作和理所当然的活下去。

沙漠的至美,更是那一棵棵手臂张向天空的枯树。是一朵在干地上挣扎着开尽生之喜悦的小紫花。是一只孤鸟的哀鸣划破长空。是夕阳西下时,化入一轮红日中那个单骑的人。

也是它九条龙卷风将不出一声的小羊抽上天地玄黄。也是它如梦如魅如妖如真如幻的海市蜃楼。是近六十度的酷热凝固如岩浆。是如零度的寒冷刺骨如刀。

是神,是魔,是天堂,是地狱,是撒哈拉。

是沙堆里挖掘出来的贝壳化石,是刻着原始壁画的洞穴。是再没有江河的断崖深渊。是传说了千年的迷鬼狻猊。是会流动的坟场,是埋下去数十年也不腐坏的尸身。是鬼眼睛和蛊术。是斋月,是膜拜。是地也老、天也荒。

沙漠的极美,是清晨旷野,牧羊女脆亮悠长的叱喝里,被唤出来的朝阳和全新的一天。

沙漠是一个永不褪色的梦,风暴过去的时候,一样万里平沙,碧空如洗。它,仍然叫永恒。

撒哈拉啊!在你的怀抱里,做过没有鲜花的新娘,在你的穹苍下,返璞归真。

你以你的伙伴太阳,用世上一切的悲喜融化了一个妇人,又塑造了另一个灵魂，再刻尽了你的风貌，在一根根骨头里。

你的名字，在我的身上。

看起来，你已经只是地图上的一幅土黄色的页数。看起来，这一切都像一场遗忘。看起来，也不敢再提你。看起来，这不过是风尘里的匆匆。

可是，心里知道，已经中了那一句沙漠的咒语："只要踏上这片土地的人，必然一再地想回来，别无他法。"

已是撒哈拉永生的居民，是一个大漠的女子。再没有什么能够惧怕了，包括早已在那片土地上教过了千次百次的生与死。

只要活着一天，就必然一次又一次地爱着你——撒哈拉。

没有乡愁，没有离开过你。

如果今生有一个女人，她的丈夫叫她"撒哈拉之心"，那么如果他们有一个女儿，那个名字必要被称为：撒哈拉·阿非利加。

* 本文据手稿整理而成

旗帜鲜明地活着
——读王新莲

那天还在讲电话,电线那边的王新莲已经被我的回忆变成了数年前的形象。虽然她一再地说:"我变了,我变了,完全变了……"

闭上眼睛,又是四个人的影子在眼前浮现。

那时候,我们在台湾中南部旅行,是——"今天不回家"的一种日子。

我们四个:阿潘——越云、齐豫、王新莲——莲莲,加上我。为着一张叫做"回声"的合作唱片,离开了台北市,在中南部许多电台"做功课"。

我喜欢把工作叫做"功课",用字不同,其中童年心理的诗化,仍然有助工作时强大的游戏感觉。

其实,功课百分之九十九都做好了,以那张唱片而言。我们的情绪或多或少不再感染那最初空无一物而又必须实践的压力,都能再笑了。

就是那一天,在一家旅馆里,莲莲突然讲起一部她认为很好而我没有看过的电影。起初,她坐在地上讲、讲、讲,双手已经舞动,后来不自觉地站了起来,在我身旁绕圈子,最后讲到精彩结束时,砰一下倒在床上,两只瘦腿一搁给搁在墙上,整个上半身悬吊在床外,双手一摊,脸上的表情突然放松——停止了。

当时,我不能进入莲莲讲的电影里去,一直张大了眼睛,观察她本人的出神入化。也悄悄地问自己:"怎么可能,前半年的日子,我居然被这个儿童给整到失去记忆?"两度冷眼看看莲莲,她还是装死在床上,脸上充满了幸福光辉,微微含笑——是一个如假包换的儿童。

"嗳,我不想读你。"我对自己说。

在房间里梳头,发夹还没有别上,她那间里面传来惨叫——不——要——我伸头去看看,齐豫手里拿着一把毛蓬蓬的大刷子,说道:"一点点,一点点嘛!你看,都不红,看不出来吔!"那个抵死反抗的莲莲,脸上肯定没有一丝胭脂影,手里抓了面镜子,另一只手开始急速动作擦脸颊。

我看着这两个快乐儿童,没有什么想加入的冲动,还是不明白她们目前这副样子，怎么可能将我记忆中一百八十个电话号码都给炸光——包括自己家中的。还有地址。

王新莲和齐豫，是我的"制作人",她们"制"我的歌词。

或说，当这两个妹妹承担下《回声》这张唱片的全部制作时，我以为，在音乐部分她们是在行的，至于文字部分的观念，她们管不到我。

还是没法忘记那歌词部分本身所遭受到的小劫。我看见自己一次一次灯下涂写，第二三四日的整个下午，莲莲和齐豫跟我再度讨论更改。不然全部打回票——很无情的。

我看到自己在九个月后已然趴在地板上，莲莲蹲在我身畔，微笑的，说："那你再想想，好，休息一下再想想，我们不逼你。"我生平第一次想得想逃到宇宙之外去——她们怎么不逼人？那时已经不能提笔了，都是用讲的。莲莲又再讲："那你要把星星摆在哪里呢？"在她和齐豫问了一百五十次不同的摆法又不满意时，我说："四——面——八——方。"她们一拍手，我知道这一句答得好的一刹那，脑子就炸掉了，住了十七天医院。

也因为那次的共同工作之后，使得莲莲和齐豫突然在南部变成小孩子的情况，令我不想去再读她们。

九个月的时光里,等于差不多一年了。莲莲和齐豫工作起来那份不要命的狠劲,并不能吓倒我,在另一个角度上分析,我也有这种性情。可是小看了她们在文字上的极度敏锐和坚持,是我个人对她们掉了轻心。

她们表面上有一种伪装,使人觉得糊糊涂涂,散散漫漫,其实不是的。她们以歌唱著名也只是一部分事实,正如我的文字一样。其实我们的"余力"还可以活得相当多元化——包括做做家事、旅行、数钱、记住约会的时间、别忘了偶尔变成小孩子……当然,她们不会忘记音乐,正如我难以完全放下这枝笔相同。

在《回声》这张唱片中,莲莲挑去了我的一首歌词《远方》,由她担任配乐。我将那卷音乐带寄到维也纳去,给一位古典音乐的作曲家。回信很快地来了,追问《远方》的编曲者是谁,说她好。

本来为了这件事情想打个电话给莲莲的,后来匆匆离国,就此把自己变成了不再拥有回声的影子了。

再来就是去年了,华灯初上的天母街头,我看着前面一条迷你裙中的瘦腿,感到似曾相识,那人一回头,两个人都叫了起来,哗一下拥抱在一起。看着眼前的莲莲,容光焕发,眼神中有什么东西在闪烁,同样一头短发却甩出了另一种精神。她喊着:"我们今晚不睡觉,要去爬山。你去不去?去不去?"我笑看着她,摇摇头,霓虹灯下的莲莲,被我看到一点点不红的胭脂,亮在她的脸颊上。

"这是我的名片。"莲莲递上来名片的一刹间,我"哕!"了一声,双手将它接过来,小心翼翼地把它夹到一本书里去。这时候莲莲和她的朋友们开步走了,一步一回头地向我挥手。

我站在灯火下,含笑挥手、再挥手、又挥手,那首披头士的老歌:"我说哈啰——你说再见——"渗合着强烈的摇滚动感心悸,就在莲莲渐行渐远的长脚里纠缠了好几秒钟。

她和齐豫,加上我,曾经是共同谱作心灵旅途的朋友,而今竟也变成了一种比路人略略多了一些的风景,在生命中如此简单地穿过,没有留下太多不自然的情节。我觉得我们三个人,好棒。

我们挥霍过的功课,早已烟消云散,卖了个满堂红彩,好似都已不再是我们的关心。莲莲有了新名片,她当然仍在走下去,也必然在变化下去。

我没有照着她名片上的号码打电话。

前几天吧,我们兜着大圈子打电话,她打到我出版社,出版社立即转告我,我打去ICRT,滚石唱片公司却回了我电话——莲莲。

很久不讲话了,又在电话里彼此叫闹了一番,莲莲说:"我在尼泊尔爬山,看见你在一个小村落里涂的招牌,一时太兴奋了,冲进那家小店去找——你,里面的人说你才回去过——想想看——在尼泊尔哎——看见你的中文——哎——开心死了——"

最后,莲莲说:"要出书了,我——写——的。奇不奇怪?"

我一点都不惊奇,想当然也的。

如果只是听她唱歌,想到她居然跨过界来写文章,一般人或许不明白,而我不但明明白白尚且没有一丝意外。

在那"一起做功课"的时光里,早已领教过莲莲对于文字应用的超级敏感和刹那间立即产生的联想,这一方面,仍是她的世界,不过把那长脚轻轻伸了过来。

电话那边又在喊:"我跟你说,我变了、我变了、变了好多。唱片风格也变了,要不要寄给你听?"

第二天下午,一卷录音带悄悄埋伏在我的信箱里。撕开信封一看上面的照片,不觉微微笑了。

说得没错,那站在天母街头的她——又变了。

我忍住那份好奇，迟迟不肯打开玻璃封套，怕那全然不同的音乐和歌词——她自己做的，流畅在我的房子里时，那过去记忆中的莲莲因而从此在我脑中炸掉。

莲莲是一种在"自我的生命展现"里急速变化的人。不可以，也相当难，就在此刻给她写下太多的定义，因为她仍在变化中，而且快速。

我没有向她讨来新书的大样，就如同对待她音乐方面的新作一样，给自己的空间跟目前的她保持着一小段距离，我不去读她。

可以确定的是——王新莲至今还是一片滚动的石头，更像一幅迎风扯起的大旗，她如此旗帜鲜明地活着，旁观者的我们又能读懂她几分呢。

* 本文据手稿整理而成

第二辑

一个无名的耕耘者

要说起我的画家朋友林复南来,实在是一笔陈年旧账;想起他来,总有白头宫女话天宝遗事的感觉。

其实林复南并不老,但是他是我的一个老朋友,老得哪一年认识他的,都不记得了。

我十几岁的时候,梦想做画家,也十分羡慕会画画的人,那时候,我自己涂一些小画,也参加过好几次诸如"全省美展"之类的画展。

我因为自己是一个不入流的素人小画家,对于别人的画,就分外地留意。那时在台北的画展,很少有错过不看的。

有一天,我经过新公园的省立博物馆,那儿挂着"南联画会"的大牌子,想来是南部的画家们跑来北部开画展。

我当然马上签了名,跑进去看看他们画的是哪些玩意儿。在那一大群画家挂着的画里,我很主观地注意到一个叫林复南那人的作品。

当时我不知道他是谁,也从来没有听过他的名字,但是他的抽象画我十分喜欢。

恰好同时,一位我"五月画会"的老师也进来看画了,我对他说:"这个林什么复南是哪里跑出来的,我很欣赏他的画。"

我的老师顺手指着就在一旁坐着的一个戴眼镜的年轻人,对我说:"哪,就是他嘛!"

我吓了一大跳,站在画家面前批评他,却不知道原来他静静地坐着偷听,就那样,我认识了我的朋友林复南。

(台南不但有"度小月挂面",有出名的"棺材板"小吃,有可口的粽子,还同时出了那么多画家,这个城市,真不敢小看它。)

没过了多久,林复南跑到台北来闯天下。照理说,一个初出道的画家,来了台北,人生地不熟,一定饿得头晕眼花,三餐不继。我看见林复南跑来了,很为他担心,常常会问他:"你有钱没有?有饭吃没有?"

这个林先生,钱是没有,画倒是一大堆,看了令人心惊肉跳。卖是卖不出去，再看他那副样子，好似也不在乎。卖不卖画，饭吃得饱了，就去买材料，不厌地画着他的画。那一阵，他的画风变得很厉害，我偶尔去看他的画，我主观地喜欢上了一张画，就厚着脸皮讨，一旦看见我个人不喜欢的，就站着大声地批评他，俨然是一副有眼光有派头的大画家一样。

为了不饿死，林复南用了他部分的才华，去做了美术设计的工作，几年下来，他的生活较以前安稳多了，固定的收入，也可以被我们这些朋友敲敲小竹杠，吃吃"石头火锅"。

也许是"石头火锅"吃多了一点，林复南的脑筋变得越来越顽固，我以为，他袋里有了钱，可以出去交交女朋友，做一个风流画家，但是十年下来，他在交友方面一无成就，在绘画上，却固执地坚守他的岗位，有了余钱，付了房租，想到的就是去买绘画的材料，他花大钱，画下了一大堆卖不掉的东西，不但不愁，反倒自得其乐，他是我少见的笨人之一。

有好一阵，我们这些他的朋友，等他下班了，约他去游华西街，他总是说要画画，我们问他："你上班不是整天在画，下班了还要找死？"

他笑笑，不说什么，他继续画他的画。

我看林复南，他不用画赚钱，反而赔了钱去画画，我想，这人不是天才就是白痴。

我再细看他，两者都不像，林复南对艺术的热爱，是冷静的，持续的，有条理的，日复一日的。

他很少跟人争论艺事，他甚至碰到了生人，连一句美术上的事都不讲，他从来不说自己的画好，他只说他比较喜欢他某一个时期的画，他甚至有几分老实而木讷。

这么一个沉默的人物，本分的人物，十多年来，他没有妻子儿女，他只有一个永生的爱人，就是他的画。

有时候，我看不过去，也会骂他——"你这种傻瓜，画到死，也没有人知道你。"

他总是淡淡地一笑，也不分辩，对着这么一个淡泊得如同白开水的人，我心里也不由得叹服起来。

这就是我的朋友林复南，他在广告设计上，也许小有名气，但在画展这种事情上，他就不怎么热心积极。

出国后，我很多年没有跟林复南通信，等我回国了，他不变的恒心，像地球自转似的仍在搞他的画，我看他仍不开画展，真是令我折服而不解。

再出国后，我听说林复南开始去做版画了，以林那样的性情和细心，做版画应该是十分合适他的。
我一直没有再看到他的作品。

去年，我住在沙漠里，他突然寄来了一大卷版画给我，我一看跳了起来，他的作品，在我十分主观的审视下，我认为已经找到了他该努力走下去的路径。
那几张色彩朴素的版画，有着说不出细腻的诗意和苍凉，这种内涵，在他不断的努力里，终于显出了不凡的光辉，而他的情感，仍是冷静深沉的，他的画，越来越耐看而感人。我很为着他的进步而欢喜。

前几天，复南又寄来了他几张版画和一张大油画的幻灯片，他的画，有几幅题名故乡、入秋、落日、神话……我可以看出，他的感情，仍然是从大自然里融入的灵感，一派古朴风味，他走版画这条路，是十分合适的。
另外他寄给我看一张大油画，色彩艳丽，笔调奔放，明朗有余，而感动我的力量却不及那几张极优美的版画。这自然是我十分主观的看法。

林复南，在经过那么多年的努力之后，他仍谦虚地对我说，他夏天要离开台湾了，他要用一年的时间，去世界各地伟大的美术馆参观学习，同时他更想学到更新的版画技巧。

在他离开家国之前，他要在四月下旬和五月上旬，分别在台北及台南的美国新闻处，将他的画做第一次个人的展出。

六月中旬，他另有一个画展在纽约这个大城市，跟这世界见见面。

我深深为我的朋友骄傲，林复南是一个极谦虚的人，他的画展，只表示，在他漫漫的天路历程里，他又跨进了一步，也许，他一生会没没无闻，做一个到死也没有人知道的画家，但是，我相信，在他当初下定决心，要把自己的一生，投入一个对艺术而狂热的境地里去时，他已很清楚地选择了自己的命运。

往后的日子，是好，是歹，在他都不重要，最重要的是，他有信仰，他知道这个世界上除了金钱之外，还有其他有价值的东西，值得如飞蛾扑火似的将自己毫无畏惧地投进去。

我在他画展之前，在很遥远的异乡，替他欢呼鼓掌，愿这一个无名的画家,继续为他一己的理想,发出人性灿烂的光辉来。

* 载于一九七六年四月二十一日《中国时报·人间》

同在撒哈拉

看完我的朋友上温汤隆在沙漠中的日记，我的心情就如同奔腾的海浪一般，久久、久久不能平复。认识这个青年人的时候，他已经永远长睡在我的第二故乡"撒哈拉大沙漠"里了，为什么称呼一个不曾谋面的青年人为"我的朋友"，在我是有很多理由的。

撒哈拉威们一再地说——那些喜爱安乐生活，美味食物和喜欢跟女人们舒舒服服过日子的人，是不配来沙漠的——我虽然是一个女子，可是我能够深深体会到为什么这片荒寂得寸草不生的世界最大沙漠的居民，会说出这样的句子来。

当年的我，四年前吧！抱着与上温汤一样的情怀离开了居住的欧洲到北非去，当时我亦是希望以自己有限的生命，在生与死的极限之下，在这片神秘的土地上去赌一赌自己的青春，可惜的是，以我的体力和财力，我只能用吉普车纵横了两次撒哈拉,平日定居在西属撒哈拉时,跟着送水车,在方圆三千里的地方,做了一些××的旅行,横渡沙漠的梦想我不是没有,只是我犹豫了两年,在定居沙漠的那么久的时间里,始终不能有勇气和毅力去实现这个计画,而我的朋友上温汤却接受了这一个对自己的挑战,几乎在同一个时间里,他踏上了征途。

许多时候,朋友写信问我,人间的青山绿地、名城古迹比比皆是,为什么我在旅行了数十个国家之后,竟然选择了那片没有花朵的荒原做了我的第二故乡?我试着向朋友解释我的心情和理由,只是即使是我讲了,恐怕也不会有什么人真正地了解我吧!

十年前离家到现在,旅行的目的,在我岂止是游山玩水,赏心乐事。如果一个青年人旅行的目的,只是如此而已,那么亦是十分地羞愧了,不值得夸耀于万一。

上温汤的日记,替我写出了去撒哈拉的理由,我们不约而同地向沙漠出发,不只是受到沙漠的魅惑去冒险,不只是为了好奇心的引发,真正要明白的,是自己,在那一片艰苦得随时可以丧失性命的险恶的环境下,如何用自己的勇气、大智慧去克服;面对那不能逃避的苦难,生命的意义,在那样不屈服的挑战下才能显出它的光辉来。

上温汤在他二十二岁的年纪，已经几度从撒哈拉，旅行了数十个国家，从他的日记上看来，他是一个有头脑，有理智，有大智慧、大勇气的青年，他敢于只身一人，骑着一匹骆驼，带着少数的食物开始这一个伟大而有信心的长程。在我一个认识沙漠面貌的居民看来，是何等令人心惊的勇敢啊！沙漠的风暴，白日的高温，夜间的寒冷，地势的不可预测，以我笨拙的笔是无法形容于万一的。

上温汤拉着骆驼在大漠里只身踽踽独行的身影令我一生难忘，可是我亦明白，在那样看似一无所有的旅途里，上温汤亦有他的欢喜和悲伤，沙漠拿走人的性命，可是它亦公平地给爱它的人无尽的体验、启示、智慧和光荣，这是值得的代价，上温汤地下有知，一定会同意我的说法吧！

上温汤在日记里所去过的地方，我大部分都用吉普车去过，看见他如何向人讨水喝，如何分药给游牧民族，如何在大漠的帐篷中过夜，如何遇到风暴，如何看到落日的美景；看他一个城、一个镇地经过，一个水井一个水井地发现，这一切的一切都使我亲切得热泪满眶，好似又回到了一个旧梦，一个永远不会褪色的梦，而我，是真真活生生地在这梦里面度过了两年多的悲欢岁月，往日的时光因为上温汤的描述，使我再度觉得无奈，怅然，甜蜜而又伤感。

　　上温汤说得极好，也许去了撒哈拉，不能在学术上对这片土地有什么地位，可是，这是活在眼前的一本大书，经历过了它以后，对于生死的观念，可能又超出于一般芸芸众生了。

　　这个可敬的朋友，终是渴死在一片无名的沙地上，一试再试，以那么多的苦难做代价，他仍没有能够征服这片无情的大地。可是在我来说，这一个美丽高贵的灵魂已经得到了他要求的永恒，抵不抵达目的，已是次要的事情了。

　　我也曾经是一个沙漠的居民，对于沙漠的爱，对于生命共同的理想和挑战，使上温汤在死了以后，将他的心和我的心紧紧地拉在一起，对这样的一个知己，岂止是朋友两字所能形容的敬爱和亲密于万一。

　　一个人，生命的长短，不在于活在世上年岁的多少，二十二岁的上温汤，为着一份执著的对生命的爱，做出了非常人的事迹，而他的死，已是不朽，生于安乐时代的新的一代，生命的光辉和发扬还有比他更为灿烂的吗？

　　寄语上温汤所深爱的父母亲，你们有这样的一个孩子，当是一份永远的骄傲和光荣,让这一切代替了失去他的悲伤吧。

三毛写于加纳利群岛

＊载于一九七七年五月三日《中国时报·人间》海外专栏

我进入另一个新天地

我已于五月一日夜间安抵尼日利亚的首都 Lagos。来了三天，住在何处，什么街，什么号都不知道，因为公司给荷西租的宿舍是在郊外丛林的旁边，房子是很大很西式，内部一无家具，外面院子里也只有野草。路是有的，都是泥巴路，走路出去要半小时以上才碰得见柏油路。我因没有车子，荷西一清早便去上班，要到下午七八点钟才回来，所以尚未出去过，昨日曾想走路去搭公车进城，看见沙丁鱼似的人挤得一塌糊涂，车外又吊着人，横冲直撞，形如疯狂大赛车，便知难而退了。

现住的一幢平房，租金约合八十万台币一年，这已是十分便宜的了，如在市区内，租金更不知要高出多少，我们对面已在建一幢西式两层楼的洋房，造价约合一千八百万台币，这儿的生活，可能是全世界最贵的，如果不是公司配给宿舍，我们一月所得是不可能在此生活的。

前两个月荷西寄信到西班牙给我，告诉我他有司机，有园丁，有佣人，有厨子，当时我以为他生活得如同帝王，心中颇为不乐，怕因此宠坏了他，现在我自己来了，才知道这一切都是必需的，所谓园丁，不过是个黑大汉拿个铲子在园内东挖挖西挖挖（没有种什么花草）；所谓佣人，不过是拿条脏抹布，抹了桌子，又去抹厕所；厨子做出来的菜还可以看，如果去厨房张望，你便不敢吃了。司机开车如同救火，我自机场来此宿舍，不过短短二十多分钟，竟然惊声尖叫无数次（他要转弯，便从安全岛上横过去，地下有大洞，他就如自杀飞机似的往下冲，再弹出来，有路人挡在车前，他就加速去压死他）。家中脏得不能下脚，我来了之后，总得整顿一番。

才来了三天，我的钱掉了两次。洗的衣服晒在浴室里，尚未干，便失踪了。预备夜间给荷西和同事吃的晚饭，回房打个转，便少了一半。其他饮料、面包、牛油都得上锁，啤酒一箱买回来，第二日便只剩下三四罐，这都是佣人和厨子的杰作，我现在只有拉下脸来，一个一个叫来和气地"审问"，他们都承认，是拿了，是吃了，我为了安抚他们，各给十个奈拉（尼国钱币，约七十台币），说好以后不许"拿"，如要吃，要先问过我。可是我一转身，荷西的内裤又不见了，真是苦恼，总不能把湿衣服也锁起来吧。这个国家的人很奇怪，来了三天，我对他们合情合理，各送礼物，他们却当我是傻瓜，并不感激，目前我自己洗衣，煮饭，人还是留着，免得他们失业了要苦恼，只是做事全自己来了。

家附近就是丛林，昨日一度一个人走走，想不到都是泥沼，人要陷下去的，只有本地黑人知道怎么走才不会掉下去。竹子很多，亦曾去找笋炒菜，笋没有挖到，反被蚊子叮得一塌糊涂。蚁窝大如十岁的孩子高，不可接近，热带丛林生活实在不及沙漠有趣，植物乱长，野草丛生，亦不及沙漠有诗意，不过我还是喜欢到这赤道上的新国家来住住，亦是新的生活经验。

此地人大半不穿鞋子（城里当然不同，我是在乡下住），女人只有一个胸罩，外面围一块布，大半是很胖很粗壮的，守夜人（我们每夜睡觉都有人守夜，因治安太坏）每夜和他的妹妹来睡在房外院子里，昨日他妹妹为了见我，居然用了

33

一个西洋人似的白胸罩,缠了一块红色夹金线的布,衬着黑亮的皮肤,有一种原始的美,可见世上到处都有不同的风景,值得欣赏。

我们在此,物质生活上是无可抱怨,冷气每一间都有,食物每星期买一次,这都是公司付的,如要自己付,是不可能的。在这儿,每人都服抗疟疾的药,荷西来两个月已患一次,我尚未得,希望以后也不要得才好。

现在这个宿舍是五个人住,客厅公用,每人有自己的房间,白天他们上班,我便预备饭菜,夜间回来一同吃,谈谈话,便睡觉。明日再有一个德国同事的太太由德国来此一同住,我尚不知是否能合得来,大家都希望分开来住,因为家庭生活与宿舍生活是不相同的,加上荷西与我的个性,都极珍爱个人独处的时光,这样大杂院似的住着实在不是长久之计。昨日我亦去对面新造房子问租钱,房东要一百二十万台币租一年,并且少于五年合约,他便不出租,这样的价钱,公司是不会答应的,这儿的一切都是进口(他们出口石油),一条船,在港外,要等半年以上,方能卸货,所以东西自然是贵得没有道理。

荷西先来两月，已能说简单的英文，工作上的事情他都能应付、接头，在我，亦是十分欢喜，过去他是学不会英文的，来了此地，逼着讲，居然奇迹出现，我自己又可复习英文，亦是有进步，此地过去是英属，所以仍用英文。

此地一个工人所赚，约合六千到一万台币一月（不必做什么太重的事），只是生活那么贵，他们一月所得，能吃的也只是面包蘸水，因此也难怪他们什么都要拿，我是心软，做了菜，总是先分给工人们吃，守夜的、佣人、厨子、守夜人的妹妹、园丁……这样一分，自己便不够吃，这个习惯不可再继续下去。住在此地，心灵上要受很大的折磨，正如在印度旅行时一样，你吃饭，窗外几百双饥饿的眼睛望着你一口一口吞下食物，这个吃的人，如何不内疚得生胃病？起码我也吃不下去了！

此地人称呼白人男的叫"先生"，称我"夫人"，第一日十分不惯，叫他们改称名字，可是荷西说，这万万不可，自失身分，他们便会得寸进尺，所以夫人是做定了。不过我对工人是十分合理的，才来三日，巫医生意又开张了，工人手指出脓，我用碘酒替他擦擦，马上好了，他马上带了许多朋友来涂碘酒。

昨日与工人谈话（做家事的亦是个男孩，十八岁），他说希望将来跟去西班牙，我说，你表现好，不拿东西，要吃的，先问主人，那么将来一定设法，说完了，我便去房内，一出来，早晨才买的面包，整袋失踪，叫来问，他坦承是他吃掉了，我忍耐地再说，不可"拿"（我们太文明了，"偷"字不敢用），他点头说好，下午再去厨房，我切好的肉片又不见了，真是一天到晚耍捉迷藏，亦是辛苦得很，这个游戏，我是输定了。

这封信不知何时才能寄到您的手里，请替我在副刊上发表这信，也好给读者知道，我不是不写，实在是因为距离太远，邮政又坏（不能叫工人去寄信，他们把邮票撕下来卖，把信丢掉）。

沙漠最后一篇也在动笔了，只是刚刚来，心神不定，蚊子咬得很难受，又怕得疟疾，所以还不能顺利地写。明日再来一个家庭同住，又是吵杂些，写作环境更不好，只是我来了，荷西在情绪上会愉快许多，这一切都是为了他。

三毛　五月四日

P.S. 来信请寄西国地址，我们七月份会回去一趟（每三月离开一次），信寄那边信箱我反而收得快，此地离加纳利群岛约四千公里的距离，您还记得"比亚法拉"的战争吗？便是在尼日利亚发生的，现在已不打了。明日有车，我便可进城去玩玩，自己是不能开车，交通太乱了，台北的交通比起此地来，简直是小巫见大巫。

* 载于一九七七年五月二十四日《联合报》副刊·作家书简

我的笔友张拓芜

去年十二月初，在报上看见张拓芜的第二本《代马输卒续记》即将出版的消息，欣喜之余，迫不及待地寄了买书的钱和航空邮费去给拓芜。当时的想法是，买书应该找出版社才是道理，可是再一想，拓芜是我的笔友，请他代购自己的书寄来，也是说得过去的。没想到买书的信寄出不到两天，拓芜的新书却已先寄来了。又过了不久，我寄去的购书费，竟然被他原封不动地退了回来，书送了，钱却不收，信里尚且说："这是让你知难而退，以后再也不敢寄钱来了。"张拓芜的脾气和性情，在过去一年多的通信里，多多少少总是摸着了一些，虽然如此，他退我的钱，我心里还是难堪了好一阵。

在国外，偶尔知心的朋友从台湾寄东西来给荷西与我，父亲过节亦寄钱来给我们买些平日舍不得买的小东西，我都欣然接受，去信道谢，并说请常常记得我，礼物多多益善，非常欢天喜地。而我的朋友张拓芜,连买他新书的钱,都不肯接受,两个如此不同作风的人,却成了朋友,也真令人想不出为什么。

拓芜的第一本书《代马输卒手记》我亦没有花钱买,那时我正回台探亲、治病,许多朋友送我书籍,自己皇冠出版社的不算,隐地兄亦客气地送了我一大堆珍贵的好书,拓芜的那一本,也是其中之一,回到加纳利群岛来时,成箱的书籍也随着带了出来。

第一次看《代马输卒手记》,虽然已事隔两年多了,可是我记得,当时看书是哭过的,笑过的,也叹息过的,拓芜的文字,有他特殊的风格,加上他那传奇而辛酸的半生故事,令人看了,爱不释手,感动至深,很少的文字,在我成年以后,能使我如此地将自己投身进去,几次到了忘我的地步。

因为对这本书的欣赏,忍不住给它写了一篇不到千字的短文,刊在联副上,也因为那篇文字,使得原先并不认识的张拓芜,成了我的笔友。拓芜在我发表那篇有关他书籍的文字之后,给我来了一封十分客气而诚恳的信,说:"文字不好,自己也明白,您的大作,不过是因为我是个残废,同情我,给我捧场罢了。"

收到拓芜这样的信，虽然他写得那么谦卑诚恳，看了还是气噎了好几秒钟，后来想了一会，仍是啼笑皆非地不开心。我不是个不诚实的人，好书就是好书，绝对不会因为作者本身的情况而扭曲个人的看法。再说，我极喜爱这世上太多太多的好书，也并没有去打听过作者的健康情形如何，文字是独立的，读者如我，亦是主观的，由同情转而对作者文字的欣赏是绝对没有可能的。所以，对拓芜自谦的来信，我是一句也不同意，聪明如拓芜，写出如此优美的传记，用字如此白话，已到出神入化的地步，他自己竟因身体的半边残疾，而忽略了自己可贵的才华，这真是十分矛盾而令人生气的。反过来想，这样朴实的心灵，这样不骄傲的性格，在二十世纪的今日，也是高贵得找也找不出许多了。

再说被拓芜认做朋友这条长路，亦是天路历程。我的性情诚恳坦率，做事本着心血来潮，兴致所至，一本真心诚意的动机，便放手做了出去，很少想到后果。对拓芜如此，对家人、对长辈亦是如此。可是拓芜是计较的，他这样的朋友，只许他给予，不许别人回报。过去一年半来，我只能给他写写信，可是他不同，他那唯一可动的右手在邮局寄书籍，寄丰富的中国食物，不断地千山万水地飘过来给荷西和我。天知道行动不便的他，那些东西是怎么辛苦包扎起来的，要去谢他都没有可能，他会不高兴。他不想想，半身残疾已经四年多了，一家三口，几坪不到的违章建筑的家，三只脚的破桌子，就是他一个一个格子爬出来的稿费在维持生计；而我，这个笔友，在邮局领出他扎得歪七扭八的包裹时，心里沉重得是什么滋味。

　　拓芜很少想到自己，去年荷西事业不顺，最急的人，除了父母之外，就数没有见过面的他。又有一次，荷西涉世不深，被人跑掉了好几万支票，我给拓芜信中提起，说要骂荷西，他急得拚命来劝："不可骂，千万不要怪荷西，财去人安乐，荷西那么忠厚的人你怎么可骂他……"

　　其实，拓芜的环境比我们艰难辛酸了太多，他想到的却是我们。长时间的通信，拓芜慢慢地开始信任我，他不再低估自己，也相信我对他文字的喜爱，不全是盲目的，更不是出于怜悯，这样高贵的心灵，羡慕他尚恐不及，如何有道理去同情一个比我在精神上才华上更富有的人呢。

　　看了拓芜的第二本书《代马输卒续记》，觉得他在文字上应用得更加活泼开朗，虽然骨子里仍然是辛酸血泪，可是他慢慢有心情给自己幽一默了，细微地写他周遭的人、周遭的事，故乡的旧梦、亲人——拓芜朴实无华的文笔，使一般的生死、爱恨、期望和无奈，由一个一个小故事，电影般地一幕幕映在读者的眼前，鲜明得如同身受。

可惜胡适之先生过世得太早，不然看见这一个小兵的传记，不知会多么欢喜。大人物有大人物的一生，小人物，也有小人物的一生，生于安乐的我，没有遭遇过战乱、流离，亦没有经历过生死一线的大病，可以说，是没有资格谈苦难的人。拓芜是我的朋友，他唱吟的半生故事，使我在平淡的生活，蒙上了一层说不出是悲是喜的色彩，悲欢岁月的滋味，该当如是了吧。在《代马输卒续记》里，几位文友给拓芜写了数篇无懈可击的序文，念这几篇序，亦是心灵上无比的享受和感动。我只是千千万万个关心小兵拓芜的读者之一，这样的好书，几年来难得见到，拓芜目前已出了两本，但愿再接再厉，有生之年，不断地写下去，亦是爱看书的读者所真心盼望的了。

再说，拓芜在《代马输卒续记》细说故乡那一部中所提到的泾县"香菜"，极可能是加纳利群岛在出产的一种西班牙文名 Acelga 的蔬菜，如读者见了他的书，对此种蔬菜有意种植，三毛可以代购菜种转寄拓芜，爱香菜者可去向他酌量免费分种,如果判断不错,这种香菜正如拓芜所说,是十分可口的。

＊载于一九七八年四月四日《联合报》副刊

我与文亚

提笔写这篇文字，想到远方的文亚，心里充满了欢喜，这几年来，她的努力和成绩是显而易见的，我亦分享了这个好朋友的喜悦和光荣。

今天知道文亚将有一本取名《墨香》的新书，觉得很有味道。一本书的名字虽然并不十分影响它本身的内容，可是如果名字取得贴切，总是更好些，文亚过去的几本书，如《橄榄的滋味》，如《心灵的果园》，在我看来，都是好得无法用另一个题名来代替的。

《墨香》是文亚的又一本访问集。事实上，文亚写作的风貌一直很不相同，小说、散文，她写，读书专栏亦没有停过，可是给一般人印象极深的，还是要归于她的访问稿。

我因为对文亚各类的作品都看，所以起初并不觉得旁人对她的认识如何，直到在国外碰到中国朋友们，他们知道我是文亚的好友，都争着向我讨她的相片来看，每次看文亚，总有人惊叹这位在国外大大有名的"访问专家"竟是一个如此年轻娇小甚而看上去有些俏皮的小姑娘，意外之余，总是佩服得很，我想，文亚的健笔和比较一般新闻稿更有些深度的文章，使人对她产生错觉，总以为她该是一个道貌岸然、不苟言笑的小姐，那实在是有趣的谬误。

这几年来，因为工作的关系，文亚的确是出了许许多多篇精彩的专访，被她访问的对象虽然各行各业各阶层的都有，可是她受注目的真正好文，还是访问学人和作家的一篇篇有分量而称职的报导。

文亚选择访问的作家们，本身都有他们不同的异彩和雄厚的内涵，也都是极有智慧的人物，这些原因，固然造成了文亚专访中的骨干和精神，可是如何将这一个个智者的思想和心灵，在短短数千字的访问稿里贴切完全地表达出来给读者，这就要看文亚的功力和素养了。一些不轻易接受访问的学人作家，文亚登门讨教访问，总会得到他们的首肯，这绝对不是偶然的事情。

文亚是一个读书人，她的文字灵活，感觉敏锐，本身亦具备了水准以上的文学和艺术的修养与认知，所以她是记者，也是作家，往往一篇访问成篇时，已是极优美的散文，这是有目共睹的事实。她笔下的报导，多多少少受到文坛的认可和偏爱，总认为无论怎么样有深度的作家亦要有够风格的文字来介绍，文亚在这一点上，是不能说不称职的。

个人对于文亚的散文和某几篇小说一直十分喜爱，她一共出过七本书，早期的第一本书，是不满二十二岁的作品，可是我总感到，其中一些散文，无论在技巧、文字和心思上，都已超出了同年龄作家的东西太多，可惜她自己却不太重视那第一本小书，现在市面上也没有卖了，唯一一看再看的读者，可能世上只有我这一个。文亚的《烟尘小札》亦是很特别的，其中有些我爱，有些觉得平平，这自然是十分个人化的看法，可是对于文亚，因为她是知交，对她的作品反而看得挑剔。最最使我心仪文亚的，还是她文字上安排的简洁、适当和灵活，她知道何时放，何时收，不必要的句子绝对不肯多用，文章的结尾往往悠然而止，留下一丝说不出的余味让读者自己反覆体会，这是她在写作处理上极大的长处，也可以看得出，她的读书，是活用的，不是个激情的写作者，她给自己往日打下的根柢，沉淀了许多青年作家往往掌握不住的隐和静；当然，她的记者工作，不断地提笔，对她个人的创作上来说，仍是一份很大的帮助和磨练。

《墨香》这本书里，文亚选择了我内心十分仰慕的数位作家，她发表这些访问时，我亦看得很仔细，有一次她写信来，说与某某作家谈话，实在是得益很多；又说某某人十分地有趣，与他相处做访问，是一大享受。这种时候，我总特别羡慕文亚，与智慧人物一夕谈，该是每一个渴求知识的人最大的想望，想来看了文亚这本书的读者，也一定会有这样的看法。

文亚不但上班，尚有婴儿、家务和病痛来分占她有限的时间，可是她在写作的路上从来没有停歇过，她甚而跑得勤快而卖力，也许有人看见文亚那么瘦小的外形，会惊异在她背后支持她的到底是什么力量，我因为了解文亚较深，倒不十分奇怪她这份对写作的执著与热爱，文亚是个痴人，在文学的天地里浮沉，对她是再幸福不过的事，有时我看她病了，忙了，好似撑不下去了，突然一下报上又出现她的文章，这一些别人看去的重担，在她，都是甘心情愿，世上也因为有许多如她一般的痴人，世俗看上去没有价值的一些工作，也因此得以延绵。

我与文亚成了好朋友倒并不因为她写作，我们有自己除了文学之外说不完的话题,文亚的待人接物极像她的文体——清淡、悠然、明净而公正,她不在文章里刻意讨好任何人,也不在意别人欣不欣赏她,她是一幅干干净净的松林、溪水和大雪山的图画,画里没有杂质,我敬她,也是她这种个性吸引了我。她年轻,却因为工作的关系,必须投身这个大千世界,面对一切的美丑,可是在这样的环境里,她一直保持自己的宁静和豁达,奇怪的是,她真真诚诚地在好朋友面前坦露自己的思想时,尚一如赤子般的欢喜和单纯,这是她对人世明理通达之后一个藏在她心里的秘密,文亚,甚而是一个十分鬼花样极多的可爱女子,这种个性,在她以兰大春为主角的小说里,常常可以看见,专访时,她又是另外一个人了。

有一次文亚来信给我,信后附了一笔给荷西,说在台北看了西班牙大文豪塞万提斯所著的《堂·吉诃德》改编的电影《梦幻骑士》,感动竟至落泪。

我想,在今天的世界里,会受到吉诃德精神感动的朋友已经不可能太多了,文亚虽然在一般人眼前,可能只是一个比较杰出的青年人,可是我知道,在她的内心,她对生命有不断的追寻,她是执著的,是痴迷的,一时里也许她已在付代价,可是有一天,生命会给她回报,而回不回报实在也不重要了。

*载于一九七八年九月五日《联合报》副刊

呼唤童年
——记忆里的关渡

　　那时候,我还是个初小的学生。
　　当时,我们是一个大家庭,家中住着四个堂哥、一个姐姐、两个弟弟,当然也住着大伯父母和父亲、母亲。
　　我的三堂哥陈令,在当年好似很爱往乡下跑,什么地方都骑车去。那个小小的我,总也死皮赖脸地坐在脚踏车前面那条横杠子上,要跟去。
　　堂哥陈令对于淡水河最是熟悉,暑假时,总有几个中午,他骑车呀,要骑好久好久,跑到关渡那一带去涉水。
　　我们不是去钓鱼,我们去沙丘里摸"蛤蛎"。
　　站在关渡的岸边,并没有固定的小船停着等人,可是在当时,河面上总有船划过,每当有船漂过时,堂哥就推我一下,我把手掌圈成喇叭,发声狂叫——"船呀——船呀"叫出来的闽南语响彻了整条河水。

那个民间的船,自然就会过来,我们把脚踏车锁好,平放在岸上,跳进船里,那时候鞋子、袜子都已脱掉了。下面穿的是一条在学校打"躲避球"的黑色灯笼裤,短的。

船把我们渡到河水中间大片的沙丘上去。

也许是年纪小吧,回忆中,站在那片凸起来的沙丘上瞭望着河水,总觉得好似站在大海里那么渺小又那么骄傲。

总是深深地呼吸,把空气当成凉水来喝。那条大河,围绕着我,干净地流过。我把光脚插到沙子里去,拖地板一样把它拖出一条条深深的沟来。

那时候,堂哥的腰上,扎着几个打了洞的空罐头,铁皮做的。在那个美丽的时代里,没有塑胶的东西。堂哥说:"来吧!"我们就开始了。

跪在湿湿的沙地上用十指向沙堆开始进攻。每挖数十次,也许可以筛出一个蛤蜊来。每当得了一个蛤蜊,总像拾到了金宝那么地欢喜。也可以说,比拾到了金子更高兴,因为蛤蜊可以吃,金宝有什么用并不知道。

只要那条静静的淡水河中,狂响起一个小女孩的尖叫声时,那条河总也在烈日下一同歌唱呼应。

一个下午的玩耍成绩并不算好,摸得到半罐蛤蜊已经极有成就感了。我的筛子是十只手指，堂哥的一把筛子有点像猪八戒的耙子，只是小得多了。

并不在乎用什么东西去挖蛤蜊，使人兴奋莫名的，是那条在一个孩子眼中的"大河"。

夏日的微风吹着一束一束的阳光，把孩子的脸吹成了淡红的，吹到黄昏，就变成一张淡棕色的脸了。

总是不厌地跪在沙丘上，东挖挖，西探探，不然坐着也好。只要看着那流水，心里的欢悦，好似一片饱涨了风的帆，恨不能就此化做一条小船，随波而去。

那时候，太小的我，没有人可以倾诉这种心情，于是写了一首诗，在学校交给老师看。老师看了笑着说："淡水河真是美丽的，下次远足，大家一起去。"

后来，从来也没有远足了。高小以后，总是补习、补习、补习。

许多年之后，有一个朋友问我："你一生中最快乐的时光，是怎么度过的？不许想，马上说。"

脱口而出："是那条淡水河给我的。"

后来，我长大了，第一次约会，朋友问我要去哪里，我说："去淡水河，关渡。"

以后的很多年,只要回国,必去一趟淡水。那条河,不再是童年时的样子,岸边全是垃圾,河道也小了。

不止在淡水河摸过蛤蛎,同时也摸过螃蟹;那是在堤岸边。都是堂哥带去的。

许多许多年以后,堂哥带了他的三个孩子回台湾来,我问他:"你带孩子去了淡水吗?"

他笑了,说:"那是属于我们的童年,现在的淡水河污染得那么厉害,谁肯光脚去踏水呢?"

说着说着,那个小女孩响彻云霄的呼唤声又那么清晰地在耳边传来。时光,很可以在记忆中倒流,如同那条唱歌的河,又一度慢慢流进我心深处。

在这种时候,嗳,说什么才好呢?

*载于一九八七年三月十二日《中国时报·人间》

徐訏先生与我
——纪念干爸逝世一周年

一九七六年的夏天,我自非洲回台湾两月。那时刚刚出了第一本书《撒哈拉的故事》。在读者心目中也许是一个新作家,事实上我当时已写了大约十年,因此文艺界的一些长辈并不是取名三毛之后才认识的。

那日的中午本是约了一些朋友们见面的,《中华日报》副刊的主编蔡文甫先生突然来电话,说是要我临时参加他的一个饭局,我因已答应了他人在先,便是婉谢了。蔡先生亦知不能勉强,最后说:"那真可惜,今天是徐訏先生做主客,你不来认识一下吗?"

知道中午能够会到徐訏先生,对于早先约好的熟朋友便是硬赖掉了,这种事情一生里并没有做过太多次。

那日吃饭徐訏先生被请坐上首,陪客尚有一些文坛上鼎鼎大名的长辈作家,我因是小辈,坐在蔡文甫先生的身旁,在徐先生的正对面。

初见徐訏先生，并不觉得他如一般人所说的严肃，可是饭桌上的气氛，却因徐先生并不多话的缘故而显得有些拘束。

我因仰慕这一位一生从事写作的名作家已有多年，因此自然而然地说了许多话。后来蔡文甫先生提起徐訏先生小说中一个一个风情万种的女人造型，我便又有了一些自己的看法和意见。那时徐先生看着我，眼光里突然闪烁了一下只有被我捕捉到的一丝什么东西，使我突然沉默了下来，却是仍然昂着微笑，也不避开徐先生对我若有所思的凝视，只是不再讲话了。

那时，徐訏先生突然说："你做我的干女儿吧！"

这句话对我并不意外，这一刻本来已藏着千年的等待和因缘，只是我们并不知晓，只到有一日相遇，才突然明白了，这一切都不是偶然。

当时我站了起来，向徐先生举起满满的酒杯双手捧着一饮而尽。他倒是着急了，说："不能喝便不要勉强。"

那时人多，徐訏先生又是名作家，我饮尽了酒之后便不再说什么，静听别人的讲话了。

散席时，我走到徐讦先生身旁去，低低地对他说："那么我给您叩头，然后再回去禀告父母亲。"

徐先生坚持不肯任何形式，既然那么说，便是依了他。没有称呼，没有行礼，饭局终了，我们也散了。

在遇见徐讦先生的那一日，我去重庆南路的一家出版社的门市部，想买下他的全集。

徐讦先生著作等身，我只看过部分。他的全集一共有十五巨册，在书店内给放在最近地下的一格，放得零乱不说，全集也凑不齐，书店小姐找书时已很不耐烦，包装的时候因为书太重，她又发了一场小脾气。我将店内的一切看在眼里，心中便想，干爸的书给这种地方出，真是失算。《风萧萧》这本书风行全国，而干爸晚年依旧两袖清风，他自己没有生意眼光，亦是一个原因。

做了干女儿的第三日便已是徐讦先生离台赴港的最后一天了。我因心中恋慕他，下午又去看干爸，在希尔顿酒店的咖啡室里，先将干爸交付出书的那家出版社的态度骂了一阵，又怪责干爸对自己的利益不知闻问。他听了只是淡淡一笑，有些寂寞，又有些黯然，很淡然地对我说："那只是店员小姐如此，上面的人都是多年老友了，怪责不得的。"

那一个午后，我再悄悄地观察徐讦先生，为何我眼中的他与别人看去的却是那么不同呢！

这个人多愁、敏感、寂寞、灵性重、语言淡，处世有某种程度的文人的执著和天真，却又是个绝对懂情懂爱又不善表达的人。神情总是落落寡欢，风格表情上有他自成一家的神秘和深远，年龄，在他的身上没有起什么作用，在我的眼里，我的干爸仍是风采迷人。

那个午后，一直伴在干爸的身旁，我突然问他："是天蝎座出生的吧？"

干爸有些好笑，反问我："你怎么猜得那么准？"看他的样子又十分高兴似的。

我笑而不答。干爸不可能是别的星座，天蝎的神秘、阴沉、孤僻和浪漫在他身上讲得明明白白，绝对是个属灵的人。这个人一向用灵魂在活，根本不是用肉体在活，难怪他与这个社会格格不入。干爸与我虽无血缘，事实上两人许多地方却是极为相似，只是我们各自选择了不同的行为语言，外人看去便是两个极端不同的个体了。

次日干爸回到香港去，我没有赴机场送行，也没有抱歉不送之类的客套话。没有形式，只是知心，在我，已是完全，干爸岂有不明白这个道理的。

不久,我个人也快离台了,徐訏先生给我来了一封长信,介绍了家中的亲人,说起徐夫人,要我唤阿姨。又想起在台的尹秋大哥和明兰嫂嫂,当然更说了许多在美国的妹妹尹白的情形。

便是这样,我做了徐家的另一个女儿。

回想起数年来与干爸的通信,第一封信中干爸对我所说的话,至今仍很鲜明地记在心里,他说:"我之收你做女儿,是一个庄严的决定和承诺,绝对不是一般社交场合的应酬,想来你对我亦当如此。"

看见他这样的来信,我心中也做了默默的承诺,在对徐訏先生说"那么我给您叩头!"的那句话起,我亦不是在应酬任何人了。

在徐先生所有的著作中,特别偏爱他写灵魂方面的题材,虽然小时候迷的是《风萧萧》,后来再细看他的文字,便是明白了有太多胜于《风萧萧》的好作品。尤其是他的诗,更是深为我所喜爱,倒是《江湖行》这本书,正如彭歌先生所说,干爸本身并不江湖,写来便是隔了一层。

对于我的写作,干爸极多鼓励,却也十分严格,很少对我夸奖。只有一次，看见我写的加纳利群岛七岛的游记，他来信极为兴奋地说我写得太好，游记如此已是水准。收到干爸那封信的夜晚，我几乎不能成眠，因为干爸是不说应酬话的，第一次称赞，自是令人喜出望外了。

在分别的这段时间里，干爸数度离港，赴法，赴美，赴德，赴墨西哥，我们通信甚勤，却再也没有见面。

在那数年内我又出了几本书，却是一本也没有寄给干爸。这种极不礼貌的行为自是伤到了他的心，我知干爸悄悄买了三本《哭泣的骆驼》，对我的不送书却没有一句抱怨的话。

在我的解释里，出书是急不来的事情，一年一本未免太快了，很怕干爸怪责我胡乱写作。因此出了书便是不敢提，不肯送，恨不得干爸不晓得最好，也是十分奇怪的心理，可说自己亦是个怪人，而今想起来，他是自己干爸，如何会轻看我文字的浅近和幼稚，再说他反正是会去买的，何必藏拙怕着他呢！

一九七九年的秋天，先生荷西潜水遇难，一去不返——我们死了。

那一阵干爸寄信加纳利群岛，寄信台湾，千方百计寻找我，信中再再地安慰我，鼓励我，开导我，痛惜我……而我，伤心病狂,哪里听得进他的道理。后来干爸打长途电话去家中找我,知道他亦是焦急关心,却也不肯给他回个电话。

在那次事故之后,渐次平静下来,面对的自己却已不再是当年的我了。这亦是看透了人生的幻想之后必然有的转变。

去年三月我做了一次东南亚的旅行,最后一站是香港。酒店中再见徐訏先生,我扑了上去,抱住他叫了一声:"爸爸!"这是做他干女儿以来第一次当面唤他,叫出来的却是与他的孩子尹秋、尹白对他一样的称呼。

那一刻,我的心里有多少委屈想对干爸倾诉,有多少倒吞的眼泪恨不能在他面前畅快地奔流。可是一别四年,干爸怀里的女儿却只是累累地笑,换得了他一句安慰的话:"还好!不算太憔悴!"

在港的次日,干爸、阿姨及我一起去一个极豪华的地方吃中饭。初见阿姨,得了一块美玉做见面礼。其实在这之前,每一年的圣诞节干爸总是千山万水地给我寄礼物。有一年干爸给我刻了一个象牙章,同样三毛的音,给换了另外两个字。我知干爸一直不喜欢我的笔名,有一次信中还对我说:"好好一个女孩子,怎么给自己取了这样一个名字。"从那时起干爸一直叫我另外两个字，一直到今天。

那日的阿姨穿了一件灰色的薄毛衣，下面一条再深些灰色的褶裙，非常大方优雅而亲切。吃饭时阿姨几度将明虾默默夹到干爸盘子里去，可以看出她的情深。饭后干爸一张大钞付出去，换回来的竟是一些铜板，我看在眼里自是心惊，可是始终不敢讲一个谢字，只怕说了这个字反是见外了。

在港三度见到干爸，最后一次也是在吃饭，我因接着又有朋友的约会，不得已提早告退，与全桌的长辈们致歉之后，我转向干爸面前。那时我第二日便要离港回台，回台十四日便要再赴欧洲了。

干爸站了起来，默默地抱住我，他很高，我只到干爸的肩膀，我双手环住他，说："爸爸，我走了！"他拍拍我，说："好！好！自己保重！"我湿着眼睛朝他笑了笑，便转身大步离去。

那时的香港街头正是华灯初上，一片歌舞升平，说不尽的繁华和热闹。港口的风惆惆怅怅地吹拂过来，我只觉得想狂奔一阵，于是便一路往旅馆的方向没命地跑起来。

那是我最后一次看见徐讦先生，那个在我一生里只当着他的面叫过两次"爸爸"的人。

然后我再度离开了父母,一个人回到岛上来,住在同样的房子里,开始了一种叫做"孀居"的陌生的日子。

与干爸的通信便是在去年里渐渐地少了,那不是对干爸,是谁也不肯再写信了。

世事一场大梦,人生几度新凉,劫难过来的人,再回来已是槁木死灰。那么又能写些什么呢?向干爸说些什么呢?说菩提非树,明镜非台?还是说苦海无边,回头是岸?还是说灰烬之后有没有再生的凤凰?

便是什么也不说,什么也不写了。有好几次,我提笔,写下了"爸爸"两字,便又废然。

干爸是知我的,可是他却伤心了,几度来信,便是说:"你不爱写信也可以,总得来几个字报告平安,以免远念!"

我却很少去信,去了亦是真的只报平安,什么也不说了。

我的心,竟连干爸也不懂了。

去年干爸又赴法国,尹白由美赴法会晤爸爸。巴黎的来信中,干爸抱怨他的咳嗽,说是感冒。后来听说尹白陪同去了意大利,我又放心了一点,想来能旅行总是不算太严重的。

十月十二日突然收到台北陆达诚神父的信,他说:"你快快写信去香港，徐讦先生不是肺结核，是肺癌，快去信还来得及……"

我当即马上挂电话去香港，心里自是又惊又急，电话那边竟是台北去的尹秋大哥，我知道事情可能不好了，便是叫了起来："尹秋，爸爸怎么了？"

尹秋说："爸爸五号已经过世了……"

知道失去干爸的那个夜晚，我一个人是如何度过的，而今回想起来仍然心碎。

我所确知的是，那夜，干爸来过我身边，就如常常回来的荷西一样，他对我说："孩子，不要哭，爸爸在此安好……"

那两日，四度电话香港，阿姨对我说："爸爸盼你的信，病中一直盼你的信，你信来了是十一号，他已去了，没有看到……"

听见阿姨这么说，我恨死自己了，恨死了！人生有什么事情比后悔更苦痛的？

在德国的珏跟我讲电话时也是说："讦师对于你不肯写信有些耿耿于怀，最后一次来信中还提起，说三毛不常写信，是不是对他冷淡了。"

我不怕干爸误会我，可是他因我伤心便是我的不该了。那几日，干爸一直来看我，他的灵魂是来的，在我流泪的时候，对他喊过："爸爸，请你原谅我，实在不爱写信，可是我对你是有感情的。"

干爸只是慈爱地在我身边，没有一句责备的话，他的灵魂会归来，就证明他也一样地疼爱着我。

几度想提笔为干爸写些纪念的文字，可是干爸的心思我亦明白，他的灵魂几度对我说："不必了！不必写！"说来仍是淡淡的，没有情感激动的句子，一如他生前的性格。其实他却是个最最重情的人。

只记得徐訏先生自己的诗：

> 那生的生，死的死，
> 从无知到已知，
> 从已知到无知。

> 历史从未解答过
> 爱的神秘，
> 灵魂的离奇。

而梦与时间里
　　　宇宙进行着的
　　　是层层的谜。

　　生死之谜在他人也许的确仍是个谜，在我已能够了然部分，因为我爱的人，不止在我们名之为世界的地方才有，在那一边，也渐渐地多了起来。

　　我所写的徐訏先生，不是他一生的行谊，我写的，只是我的干爸与我。

　　短短数千字，不能代表我对徐訏先生的怀念，可是这些文字却是在平和宁静的心情下写出来，因我已确知，生死不过是形体的暂别，有一日，而且很快，便又是要重聚的。

　　再用几句徐訏先生自己写下的诗来送给我的干爸：

　　　因此我也不敢再希望你有一天会重回旧地，
　　　来体味那轻雾旧梦里浮荡着的各种伤心；

但何处的天际都有我们旧识的微云,

请记取那里寄存的我殷勤的祝福与温柔的叮咛。

＊载于一九八一年十一月《大成》九六期

孤独的长跑者
——送高信疆

信疆，你走的那天，没有去机场送你，要离开的那一阵，也没有请你吃一次饭。告别的时候，是在欢送你的酒会里，隔着一层层的人，向你道了再见。

那天，从阳明山下了课，匆匆忙忙在阴暗的雨天赶到大理街的《中国时报》去，酒会时间已经快过了。进去的时候，诗人管管正在麦克风前说书，仍有许多许多你的朋友留着。人群里，看见住在中部的宪仁，我讶然地问他怎么在台北，他说特地北上来这个酒会，来送你的。说完淡淡地一笑。

知道在那样人多的场合里，是不能说什么话的，也没有什么真正想说话的心情。我们聚在一起，就是到你的面前，来给你看。信疆，你看见了，在这儿，有多少朋友爱你。

酒会走出来，是傍晚了，我的车里坐着一个不常见面的好朋友和一个学生。已是晚饭时分了，车子开到重庆南路，看见朋友没有带伞，在大雨倾盆的路口下车，冲到水里面去，而我，因为赶赴另一场饭局，无法与他多说两句话，在开走车子的那一刹那，心里方才升起了很深很深的悲哀。

那种无能为力的悲哀，竟因为看见一个心爱的朋友在雨中离去，将我弄成不能排遣。

有时候，对于朋友或亲人，我们能做的实在是太少了，因为不能。

对于信疆你的离去，也是这样的怅然。

许多人以为，我们是因为投稿的原因才认识的。《人间》副刊的主编和一个文字工作者。很少人知道，我们原先是学校里的同学，当年大学的那一段生涯，回忆里，有时模糊，有时鲜明，一刹那，已近哀乐中年了。

二十岁，你说它算不算童年？我是那么看它的。青青涩涩的一颗颗果子，疯狂地念书，拚命地恋爱，执著于一场又一场夜谭，那份对于未来和知识的痴恋，将不同系的那十几二十个人拉成了学校里的一张网。

当年的我们，啃了多少多少本课外书，已经不复记忆了，只知道，后来这一批志同道合的同学，被人视为异端的一群，毕业之后，多多少少，在生命的承受和表现上，都是不凡的。

那时候，信疆，你大我们一年，是新闻系最杰出的学生，身边的俏妞——沉馨，是我们女孩子欣赏又羡慕的对象。大学同学的恋爱，有结果的并没有几对，而沉馨和你，始终很团结，不但成了家，这么多年来，在事业上也是好搭档。一对校园里的金童玉女，就那么走了出来。这在学校的时候，已经了然了，并没有看走眼。

许多年过去了，再见面，你告诉我一个故事——校园里的。念书的时候，你陪着另外一个男同学，在公用电话亭外面绕了一夜，那个同学手里握着一枚铜板，怎么也提不起勇气，去拨我家的号码，告诉当年哲学系的那个女孩子，他心中的情感。

这个故事，没有开始，也没有结尾，而你，是唯一的见证人，时间也就这么流掉了。

每当想起这个情景下的你，还有那位已经是做了父亲的男同学时，学生时代的那份情，变得很亲密，不浓的一种亲。正如当年的我们，看来相似，事实上却并不十分合群，而每一个人，在这条心路上，又是孤单的。

说不亲吗，仍是亲的，毕竟，大学同学，在这个社会上来说，已是不可多得的了。有时候，我们这一群，仍是护得紧，而且团结。

李子他们，听说你放下了编务，要远离台湾去进修，三天两头打电话催我，说同学们要再聚一次，送送你，看看沅馨。我没有安排这场同学会，替你推托，替你挡，只因为，私心里，希望你多留一些在台的时间，将每一分钟，都付给妻子和家庭，虽然明知这不太可能，但是我不敢再去占你的时间。

你就那么走了，同学们拚命骂我，说我不合国情，没有人情味。我知道，他们也不是执著于那顿饭局，他们珍惜一次难得的重聚，忙忙碌碌的一群，再相聚又会是什么时候？

新加坡的南发写信来，说到来台之事，竟然说："虽然台北仍有你在，可是信疆走了，感觉里少了一个重要的朋友，不一样了。不想去台湾，如果想我们，还是夏天你来吧！台北没有了信疆，对我很不相同了。"

不止是大学同学，新加坡，我们也有一群好朋友在，你和沅馨的，我的。分别认识，结果又成了不必通信的死党。新加坡，代表了很多事情，它是朋友的代名词。

台湾，也是朋友的代名词，对某些人来说。

许多年来，眼中的信疆，是一支两头燃烧的蜡烛，十二年的心血和生命，付给了一份理想，展现在销售一百万份的报纸上。台湾的副刊，因为高信疆这个大将的参与，变得如同战场。水准的直线上升、崭新观念的启发、一次又一次的突破与竞争，使得每天纸上风云际会，千万读者日日注目，整个文坛朝气蓬勃，那股充沛的活力，将副刊弄成不再只是每天报纸上的一个版；这和信疆的投入，有着决定性的因素。

不常看见信疆，每见到他，往往已在深夜。他的人，总给人巨大的压迫感，看见他，不容易舒畅，闷热又紧迫的感觉，那份报纸，压在他的背上，好似燃烧着一生的爱情。

信疆是一个反应敏锐、行动快捷的狠家伙，言谈间，许多构想，许多梦，几天之内，可以付诸行动，展现在他的版面上。那份副刊，看不厌它，信疆是一脉活水，永远不会停歇。他是狂热的行动者，这里面，没有睡眠和休息。

我喜欢这个人，又因为他的那份真。

信疆的口才是第一流的，几次讲演中的他，事过数年，听过的人回想起来,仍然赞赏——言之有物又风度翩翩,不愧是一个大将。

其实,在朋友的聚会里,信疆的话并不算多,他肯听。听了一个晚上,朋友们散了,他将话题分析组合一番,又是一场付诸行动的表达,交给社会大众。信疆,是陈若曦笔下的拚命三郎。

信疆不是一个好玩伴,轻松的时候,他不懂得放开一下自己的工作,有时候,很讨厌他对于事业的过分执著,拿命去拚的那份认真,使得十二年中的他,成了孤独的长跑者。那份成绩,就是这么跑出来的,永远不会停。

长跑里,没有我们的影子,只因为每一个人,跑的道路并不尽相同,坚持的生命里也有偶尔去度假的人如我。我不觉得羞耻。

前几个月,沅馨在一个星期天的午后,捧了好多盆花,上阳明山宿舍去看我,问起信疆,淡淡地一笑,说在忙。其实,不必问的,信疆什么时候不忙过了?

又过了一阵子,沅馨和我抱着孩子和食物去花园新城他们避人的小屋。信疆过了好几小时以后才来,三更半夜了,同来的是一群朋友,避不掉的人;我自己也在内。

那时候,猜在想什么?在想,美艳如花的沅馨也是一个孤独的长跑者,她的寂,很漫长,付给了她自己选择的一生。

这一阵,许多文友写信疆,因为大家爱他,这份友情,不止是单纯的友谊,更有必然的对这个人在工作上的欣赏和赞叹,信疆,是绝对杰出的。他的真,对新闻和副刊那份近乎痴狂的真情,仍然常常深深地感动着我。而为什么,那么忙碌的一个人,总觉得他寂寞?

如果,每一个人做事都像信疆,如果每一个人在事业上都有这一份投入,如果每一个人有他这样的专情似海……那么,会是什么样的一个局面?

那么,许多人,都成了孤独的长跑者。

自己难道不孤独吗?虽然,那条路,并没有如同信疆的那种跑法,虽然,跑跑停停的,没有尽全力。

那么尽全力地跑,又是什么样的滋味?

信疆,我们没有如同其他朋友一样地送你,这一群你的大学同学,只因为我不合国情。

离开台湾的你,不会有信来的,这一点十分明白了;也没有必要。你的暂时离开,其实是很令人羡慕的。

威斯康辛的夏天会是怎么样,我们不晓得,可是那儿也有一个校园,对不对?一个不同于华冈的校园,这又有什么关系呢?

很怕你在美国的朋友也多,怕又不能安静下来,过两年全然不同的进修生活。新的天地,对于你这样的人来说,不可能是一场歇息,因为很久以前就明白了,你是不会停步的人,这一点,对我们来说,极好,因为回来的时候,必有新的东西带回来展示给我们。而你自己呢,休不休息?这样问你的时候,好似看见了你的苦笑,你也不休息,还有同样一条漫长的路要跑下去,对不对?

前几天深夜里,停电了,我变得很慌张,工作不能停,摸黑点起了蜡烛,就着烛光,一份又一份学生的作业仍然批改下去,改到警觉那支烛泪已经流到天明,这才愣住了,静静的大气里,只有那支残烛慢慢地在燃烧。

这时候,想到许多往事,想到远方的信疆和《人间》副刊十二年的那个主编。

李商隐的诗句,悄悄地爬了出来,在闷热的黑暗里软软慢慢地来,春——蚕——到——死——丝——方——尽……

蜡——炬——成——灰——泪——始——干——

后来，我没有能再做什么，吹熄了那支烛火，上床睡觉去了。

*载于一九八三年六月《皇冠》三五二期

恋爱中的女人

  思想起祖先艰辛过台湾　彼时木船渡乌水　海中漂泊心中苦　乌水要过好几层
  神明保佑祖先来　台湾变作好所在　台湾不知什款样　海水绝深复且黑
  为使子孙有前途　遇到台风卷大浪　海底不要作台风

三百年后人人知我知道，真的知道，不要喊，不要叫，不要骚扰自己本已云淡风轻的心情。

不要动心，一点也不要为任何事情失足千古——即使是爱情，也不要去想；任何一种爱情，都爱不起了。

可是，六月二号的晚上，当我，听见陈达先生的《思想起》在"中华体育馆"内弹唱出来的时候，为什么，雨也似的泪水，瀑布啊地奔流了出来？为什么，看见自己，在那个舞台上，化为舞者，化为云门，化为船，化为鼓，化为婴儿，化为大地化为哗一下拖出来的那条血布和希望？

笑吧哭吧鼓掌吧，还能做什么？

也不是在分析，也不是在看基本动作，也不看画面结构，也不想编舞剪裁，也不是服装设计，也不认那一个个舞者是谁又是谁，因为全看见了，又因为全没有看见，因为已经忘人忘我。

一百分钟怎么如同一霎？陈达不是死了吗？渡海扎的是一艘艘纸船，巨石是保丽龙做的，林怀民呢？不就是当年那个写《蝉》的少年？

最恨在任何场合动不动就唱"国歌"和梅花，最讨厌喊什么什么万岁的口号，最受不了天天爱不爱国又爱不爱国，最不肯在口头上讲仁义礼智国家民族……因为听够了背书，看够了言行不一致的伪君子。可是，那又是多么地自自然然、心甘情愿、不知不觉，当，"山川壮丽，物产丰隆……"这条歌在结束的那一霎间，扩放出来的时候，我，也是我，站了起来。

不能鼓掌了，真的，再不能拍手，如果抑制这种个性如我——不要出声，自己才是无耻的伪君子，只因为——没有诚实的勇气。

尖叫起来，狂叫起来，喊出心里压不下去的兴奋，喊出悲喜交织的那股狂流，喊呀，喊吧，管他去死，管他别的人如何当你疯子，管他什么鬼，要喊，要喊，要喊："云门万岁！陈达万岁！阿民万岁！观众万岁……"最后，狂人一般的，就是一个疯子，喊出了："中——国——万——岁——"热血奔腾——热泪狂泄——好家伙！我要你这个样子。

坐在旁边的金陵女中的孩子，递过来一条手帕，左边穿工装裤的另一个女孩，推我的肩，哀叫着："三毛，不要叫了，不要叫了，不要啦，求求你……"她也哭了。又叫："三——毛——说——的，云门万岁！中国万岁！万——岁，万岁——"人，散了，郑佩佩经过我，叫了一声："三毛！"我，对她笑笑，靠在椅子上，不能动弹。

这一生，在众人当前狂叫过两次。一次，是丈夫棺木上被撒上第一把泥土的那一霎。第二次，在台北市"中华体育馆"。

不，这不是我第一次看云门舞集。

这当然是情感的发泄,这也是热泪,这不是滥情——你当心,如果你这么说,我要打你。

为什么这一阵来,心里那么饱满?为什么心里涨满了想也不敢想的幸福?只因为刚刚从台南做了两场筋疲力尽的演讲回来,只因为我心爱的华冈孩子;男孩、女孩,在学期快要结束的前一阵,一针一针合力在缝一条花花绿绿的百衲被——送陈老师夏天的远行。只因六月一日的下午,自己将自己送到台北市师专附小五年一班,接受全体小朋友要求的访问,只因为生平第一次在小学生的面前讲过一次话,只因为看见长大了的小学生——云门人,跳出了一个活活的中国。只因为,自己十月还要再回来。

这么多只因为,只因为,难道这个"只"还不满、还不够多吗?够了,真的,够了,可以含笑而不死。

　　到了台湾来定居　手指搬推只只破　要留后世好议论　不知后世心何样　地方开垦要给你石头大粒树又粗　只只血流复血滴　今日开垦后世福　阿公阿爸不时叫　子孙日后好丰厚

云门舞集台北市南京东路四段一三三巷六弄二号六楼。电话：七二一三九六七，七一二二七三六。

为加强对观众的服务，请您详细填满本卡各栏，并放置于售票处或寄回云门舞集办事处，以便让您提早知晓云门最新讯息。

填了，带回家来用心地看了填了。

"用心地看"，看到了许多年前的阿民，看到了那个千年前的一个夜晚，看到了那个夜晚的一张一张急着谈、谈、谈、谈的脸孔，看到了阿民的家许博允樊曼侬李泰祥陈学同徐进良温隆信……看到了一个剪短发不大说话的女孩子，听见她大声说了到场的唯一的话："这么无聊的谈个鬼，不如回家睡觉，明天清早骑脚踏车去打网球。"看到她走了，一走走到撒哈拉沙漠去。看到了当年和现在，看见了今和昔，看到了山川壮丽，物产丰隆。也看到了《汉声》杂志的那个吴美云，听见她对我说："我不走！爱死这片土地。"看到阿民在当年的美国新闻处的第一次讲演，看到了云门的成立，看到董阳孜的字，看到洪通、吴李玉哥、杨丽花、史艳文、朱铭……看到红豆刨冰、弹珠汽水、青草茶缸、蚵仔面线，还有，那个唱客家山歌口口声声唤心肝的少年郎。

又看到飞也似拉过的画面：看到高楼大厦、车水马龙，高雄加工区，国际艺术节，手拉着手的男女高中生、阿公阿婆一同游香港……看到学校训导主任笑着开舞的舞会，看到台南市满墙满城的儿童画……当然，也不是视弱的人，也不是只看到了这一个角度，可是从云门的大结合里，看到的偏偏是这些。同样有泪，那不是愤怒失望的泪水。

看到啊——当年的每一个老朋友，从此再不相聚夜谈，总是匆匆擦肩而过，交握一下手，一个几秒钟的拥抱，都是奢侈了。

当年谈够了的我们，都在做啊做啊做啊，我们没有时间再去谈话。

"感想与意见。"

云门舞集请人填卡片的最后一栏。那么一点点空白留给"感想与意见"。云门，云门，我不能长话短说，只因为，是你们，是六月二日的你们，使人看见的不止是那一条终场时哗一下拉到观众席上来的那条血红色的长带子。不是完全不懂艺术评论必须的眼光、学养和敏锐，可是，不要分析，就要杂七杂八地东扯西说，无话不谈，说给你——云门听，说，我看见听见了那么多不属于舞台而由舞台延伸给我的今夜。让我告诉你，这不是习惯性的爱国；只因我是中国人。让我告诉你，如果我是一个西班牙人，一样为这样的一群人而疯狂，一样热泪奔流地狂叫："万——岁！"管他是哪一国人呢？管我是哪国人呢？一样爱这个看似杂乱无章，其实也是杂乱无章，而又有道有理、有血有肉的土地——它的名字叫做中国。

当心，如果你说你不爱中国，管你是哪国人，我要打你。

在台湾，我也知道，自己是不美丽的，因为美丽的女人，随她是不是寡妇，也会有人追求的，对不对？那么多的来信啊！小山一般从报馆、杂志、学校，直接寄来家里，间接送去父亲办公室里的一封又一封来信，那么多啊，为什么只叫一个人去演讲而不给她一个单纯的约会？是人，一个女人，请我去看一场电影吧，告诉一个人，除了知道文章和讲演以外，有时候，她也想做一个女人，被人邀请一声——你是美丽的，请你答应我一场约会，算做对你的赞美吧！

虽然，你知道，我还有更重要的事情要做，无法答应你，可是，在我的心里，会感激的；感激你也了解我想做一次女人。

六月四日的日历上，这么写着："和建国中学孩子一同买团体票，再去看一次《薪传》。"

是这么写的，美丽的一天，不会忘记它，因为，有一个十七岁的男小孩，在买票的时候，想到了一个七划的名字，约她和另外十九个小孩子一同去看云门。

那是我在台湾的第一次华丽的约会，虽然，孩子口中所喊的，是"三毛姐姐"。

谢谢你们，建国中学的孩子，谢谢你们，我也晓得，你邻家一女中的孩子个个都美丽，可是你们约了一个不美而又早生华发的陈姐姐。又多么了解这个陈姐姐，带她进云门。这么聪明的孩子，有一天，愿意我的侄女儿们，会做你们当中一两个人的妻子。别忘了，在云门二十周年的时候，约她们去看不死的云门，那样，做姑姑的，追打着人也要她们嫁给你。

又去了，又去了，又没有时间吃一天唯一的那一顿饭，又去了"中华体育馆",看不厌的云门啊!

声音是哑的,因为六月二日的发疯叫喊;声音是哑的,因为六月三日在海洋学院讲中国和《薪传》的美;声音是哑的,打着手势指指自己的喉咙笑笑地在药房买喉片,哑得真高兴的那种哑啊!

跟自己说,这是第二次入场了,狂热过了,一生叫喊两次也够了,不要再叫了,不要再哭,不要跟自己说:"有救了!就是这样的方式,不道学、不口号、不教条、不僵化、不狭窄、不迂腐……有的是打拼、努力、又游戏又工作、又痴迷又认真的一群群好家伙——"不要再跟自己喃喃自语了,冷静地看第二次《薪传》给自己一百分钟别人在台上而我在台下的奢侈的休息,分析分析他们的组合,一场一场冷冷静静地看,不要再叫了,在散场的时候。

可是去之前,又发了疯,打电话去皇冠杂志社:"喂!弟弟,我是三毛,请问琼瑶拍片子时候导演用的喇叭还在不在?"说一时找不到了,挂下电话,心里一阵欢喜笑了。唉,恋爱中的女人。

还没开场,年轻人挤过来要求签名,低着头,在膝盖上签,女孩子大喜道谢,接过去一看,愣住了,上面签的是——林怀民。愣过之后又是更大的大喜,笑得跌跌撞撞地走掉。本来想签全部中国人的名字;其实,也签了。

又弹起来了;《思想起》,我,思想起那个几乎可以算是饿死的"国宝"陈达先生,旁边建国中学的男小孩,在黑暗中递过来一条手帕。

唐山、渡海、拓荒、耕种、节庆、黄自的"国旗歌"——晚安——节目单上这么写着。

晚什么安?点起的薪火;薪不传,晚不安。云门,云门,你小看了自己。看了你们,晚不能安啊!

不能叫了,身体很不好,老毛病又发了,一叫要大出血的,不要叫,不要叫,鼓掌就够了,鼓掌鼓掌鼓掌鼓掌——是谁在那里叫?是谁在第一区第四排狂叫?是谁在:"万——岁!万——岁!万——岁!万岁!万岁万岁万岁……"叫到眼里的水、身体里的血都流了出来,叫到不知道那是什么沙哑的声音夹在如雷的掌声里而不知舞台上的人听不见——可不只是、只是为了云门在叫,可是又为了什么在叫?那一个被唤醒的灵魂啊!如果,你问我:你旅行用的是哪一本"护照"?我要打你。这就是我的爱情——对中国的,管你护照上讲什么，就是爱死这片土地和人。当然，也爱西班牙，也为它血泪交融地狂叫过一次，在生离死别的时候。

恭恭敬敬地写了一张宣纸裱好的牌子，拿到"云门舞集"的办事处去，白纸黑字不够，四周给涂了红红的颜色在金边的里面。

等电梯上六楼的时间，来了一个牙齿十分艺术的女孩子，也是西方人常说的有"艺术骨"那句话味道的女孩子。我们对视一笑，上楼的人有好多个，她是上云门的，错不了。

问她："你晚上在跳？"她又笑笑，点点头。那块用心写的"意见和感想"，交给了她——用双手，同时，很想向她鞠一个躬，那时候，电梯的门关上了，不用再上去，我的心，已经交给了一个她方。

"他们很累，我们去后台，再看一眼，不要签名，就走，给他们休息——"带着两个男孩子挤进后台，看见脸上有着油彩的一个男舞者，很想抱抱他，却只拉住了他的手，笑了一笑。

跨过两个直挺挺死人一样闭着眼睛平躺在地板上的女舞者，走向阿民，看那两个男孩子握了一握他的手，我说："走吧！给他们休息，明晚还有一场。"再跨过那两个闭目不动的女舞者——知道她们是死了,活活累死的。这种累,我也明白,很明白落幕之后才倒下来的累死。

不用担心,明晚她们会复活,会有白马王子名叫一片土地,骑马来,给她们轻轻一吻,就会醒的。

薪尽而火传。 不灭的是火,燃烧的是柴。 柴是你,柴是我,柴是……请你用心细细听,听,是谁又在唱:过来台湾要经营 要饲子孙底肚腹 他日长大要报答 双手挖土来耕田 子孙啊吾用双手稻米番薯要收成 做人莫要忘源头 阿公阿爸底人情 播田一区收三斗 扒土使你齐长大

* 载于一九八三年六月十四日《联合报》副刊

六天

> 如果遗忘像一把伞
> 就让它随风而去吧
> 当你赤足奔跑,在沙滩上
> 海,正升起千呼的狂喜
> 迎你而来
> ——方莘的诗《练习曲》

旷野是没有人去的,那儿也没有什么路。

虽然夏天还在过下去,天却已经凉了。每一次黄昏里去散步,总得穿上毛衣,厚的那种。

风一向吹过高高的穹空,满天的橘红,将原野染得更是狰狞。一排排不知用来隔围什么的篱笆,东倒西歪地撑着巨大的落日,远山黑漆漆地连绵而去,没有尽头。

今年夏天，我又回来了，从一个岛到另一个岛。住的地名，俗称男人海滩，居民却喊它哀愁海滩，只因这儿一年到头的大风。

是为着渴想长长的路才回来的，虽然在这片野地上，实在看不出路的痕迹。

一串钥匙鼓在口袋里，双手插进去的时候，总被金属刺一下。很怕散步不当心，掉了钥匙进不了家门，而散步和带皮包却不可能有什么关联。

常常由黄昏走到天黑，黑到海岬的礁岩在星光下成了一堆堆埋伏的巨兽，这才晃荡着往家的明窗走回去。

出门的时候总是顺手开灯。也有忘了的时候，开锁进门没有灯在迎人，就觉着天气更加凉了。

前一天邻居开车走过，叫说如果又去散步，到了野地里要找找看，如果找到了野水芹，麻烦拔些回来送一把给煮汤。说水芹在涸干的小沟里。又说海边住户只一个人去了台湾，十几家的野菜和草药就都短了供应。

去散步也是为了省得邻居太太串门子，九点十点才给散回来，那时她们正在洗小孩、煮晚饭，也就没得戏唱了。

天不止是凉，也许因为风的缘故，吹得人簌簌发抖。小沟那边得爬一段峭壁,平日是不去的。

没有什么水芹,到处蔓着爬藤的浆果。果子酸而多汁,吃到口里会染紫牙齿。这是非常有趣的,尤其在夜路上见了来人,露齿微笑的时候。

既然邻居说有水芹,便一面采浆果一面闲闲地在草丛里翻。浆果的细枝是长芒刺的,刮着穿短裤的腿,一道一道淡红色的印子。这里根本没有水芹。

就在那暮霭聚得紧密的草丛,半干半湿的沼泥堆上,触到了金属的凉意——一个破鸟笼。翻了一下笼子,里面吱呀的一声喊,令我快速地缩了手,一只活的笼子。它在叫。

身边什么时候掠过一只大鸟,很大的那种,低飞着往人冲。肩膀快被擦到了,连忙蹲下来。那只鸟往高空打一个转,对好方向又直扑过来。没啄到抱着头的我,悲鸣着再来攻第二次。

"喂——鬼鸟呀!去——死。"抓起浆果往它丢,耳边满是大翅膀飞扑的声音。

接着向天空丢了许多东西。

大鸟飞走了,四周显得特别地安静,背脊上一阵一阵的麻冷，还有，那永不止息的风。

我愣了好一会儿，这才蹲下身来，提起了那只笼子。迎着向海的一面仔细观察，看见笼里被关了一团东西：一团淡棕色底浅米色斑点的小鸟。伸出手指进铁丝里轻轻摸触，小鸟没命地躲，要把自己挤死了一般挤在角落里，口里却再不叫了。

地是半湿的，小鸟肚腹也是湿的，两只爪子满是泥巴，正在不停地发着抖。

也不懂为什么手里拎着一只活的笼子，而自己正在人迹罕见的野地里。那只小鸟要死的，正在死去中，这是我得到的讯息：它要冻死饿死了。

没有再想什么，提起了小破笼子就往峭壁上面爬。脚下碎石滚落，手上握的是长刺的蔓藤，四野茫茫，我急着要回家。那只小鸟在铁丝里翻来滚去，夜风将它的羽毛开成一朵淡色的枯花。

我脱下毛衣，包住了鸟笼，抱着它往家的方向跑，家好似在很远，怎么也走不到。紧紧地按住钥匙，跑跑跑跑跑……我，急成了一只濒死的鸟雀。怀中的东西，依然寂静无声。

来不及走到屋，车房的布随手一拿，将笼里的鸟拿出轻轻包裹。

它是那么地弱小，大红格子布里一团淡淡的烟云，没有重量的。举起那团淡褐贴在面颊上，还有气，胸口微微地起伏着。怕灯太亮，用口哈着湿羽毛，人工呼吸似的一口一口送，而它却不肯暖起来。

那一夜，靠在沙发上，将小鸟窝在胸口的深处，拿体温暖着。厨房里一盏微灯，炉子上不时温一下小锅里的牛奶，拌着炒麦粉的糊，自己先试一下温度，每两小时喂一次小鸟。

它勉强肯吃的，牙签上挑着一小撮麦糊，牙签上一颗牛奶珠子。也不张开眼睛，东西到了嘴边，动一下，很不习惯地扭一扭脖子，然后试一点点，只肯吃十分之一口，等于没有一样。始终没有张过眼睛，在喂它的时候。

天蒙蒙亮的那一刹，我睡了过去。托在胸口的手，醒来时仍是一样的姿势，而小鸟，却不见了。

门是关紧的，一个角落一个角落去找，小鸟缩在窗帘下面，背抵着墙，又是一小团棉花球似的鼓着羽毛。

第二天早晨去邮局拿信，局里的朋友说，那么小的鸟雀给牛奶和麦糊是可以的，等长大了再喂鸟食。我想，等大了是要叫它飞的。

小鸟没有精神，总是鼓成难看的一团，米颗的羽毛花斑看上去麻得有些恶心。还是周而复始地给它东西吃，它却再不肯吞咽了。鞋盒做成了一个巢，小鸟任人放置，总是尽可能往边边靠。

"请——你，给我活下去呀！"喂东西喂得手酸，忍不住对小鸟轻轻地喊了一句。也不敢大声，怕那么弱小的耳膜受不了大声。就那么日日夜夜地守了三天，一盒牙签都用完了，小鸟没有再张开过眼睛，它完全放弃了。

"嗳呀！是斑鸠嘛！不能家养的，要母鸟来喂，不然活不成的。"

我愣愣地对着宠物医院的医生发呆。原来，锁在小笼子里是有用意的，原来，那只在黄昏里没命攻击我的大鸟，是一个母亲。而每天对着被关在笼里的小鸟喂东西，不是要急得断肠？更何况，笼子又失踪了。

想到这里，我觉得非常歉疚，三日来，自己也没吃什么东西，一时趴在医生的枱子上抱住了头。

"我说，快放回去，大鸟会来找的，狠心放回去——"

说着说着，医生便走开了，去看一只耳朵撕烂的病猫。

说得那么容易，要狠心，要狠心，天下的事，如果真能狠心，也少了一大半。跟医生说，看过一本书，里面讲鸟生一种病的时候，会老是把头埋在翅膀下面，而且鼓成一只绒球。我的小斑鸠就有这种病。

很想把它留在医院里几天，可是那儿住了好多只狗，吠个不停。医生说他没有时间喂鸟吃东西，又不耐烦地叫我们走。

临走时我的容颜大概说明了一些无能为力的心情，付钱的时候厚着脸皮再问了一次可不可以喂牛奶和炒麦粉。

"放回去就好了，不要悲伤，没有病的——"医生与我握握手，他的语气转成温和的了。

那个同样的黄昏，我抱着笼子，也用毛衣包着它，身上藏了一小盒牛奶和一个碟子，回到发现斑鸠的旷野里去。

当笼子又藏到草丛里面的时候，看了那孤伶伶的小身体一眼，才发觉这个将来临的夜是太黑太长了。

它从来也没有再叫过，缩在角落，很小很淡的一团。

放下了鸟笼和牛奶，我爬坡到对面的石块上去坐着。

当海面上升起来的七颗大星已经到了头顶上时,我丢下了那只没有声音的笼子,快步往家的方向狂跑而去。

夜仍然那么漫长,太阳没有一丝消息,吹过旷野的风一样呻吟过屋檐,我坐在摇椅上,手里捏着一块小绒布,反反覆覆地折来折去。

好不容易熬到天亮了,要出门,才发觉一个晚上都穿着绑紧带子的球鞋,没有脱下来过。

热了一些牛奶,口袋里除了钥匙之外是一小包炒麦粉,带着这两样东西又往野地跑。跑过很多邻居的房子,清早上班人家的厨房,亮起了昏黄的灯。

探手进笼子去摸的时候,小斑鸠是凉的,解笼子边的小门解得辛苦,因为手发抖,因为清晨太冷了。它完全不肯动,轻得有若一团棉花。我将它捧起来,用气哈,哈了十几口,累不动了,放到贴皮肤的胸口里给暖。四下拚命张望,没有一只飞鸟掠过,一只也没有。海面上一丝一丝淡淡的水痕好似无人的街。

又不敢在笼子边站很久,怕大鸟看了不能飞下来。可是没有什么大鸟,清朗淡红的天空,只是一句巨大的无言。

我在那块石头上,小斑鸠又放回到笼子里。烈阳下的海滩，开出了许多朵太阳伞，伞下的笑语传不来这边。这儿，没有大鸟飞来的声音。

不知道是几点了，日头下的草丛寂然无声。

天黑了，山脊的背面染上了蒙蒙的昏黄。苦盼中的大鸟没有来没有来没有来……

我翻出了笼子，丢掉它，将没有重量的小斑鸠塞在胸口，不敢跑，怕它受不了大幅的震动，只是尽可能平稳地快走，快到在又来的寒风里出汗。

也是在车房的灯下，拿着一支牙签，轻轻拨动小鸟的喙。它闭着眼睛，吃了一小口，又吸了一颗牛奶珠子，又吃了一小口，又吸，又吃……我紧张，很紧张，怕它一次吃得太多。喂着喂着，发觉自己眼眶热了起来。能活下去，是一件多么美的事。

就在停了喂食以后没几秒钟，小鸟第一次睁开了眼睛，确定它对着我清清楚楚地深看了一眼，好似有什么话要倾诉。突然，它整个地张开了，挣脱了我的掌心掉到工作枱上去，右边的翅膀奋力撑起了身体，口里那么高昂地叫了一声，一切停在那一刹，不再动了。它半仰地躺着，翅膀没有收拢，羽毛紧贴在身上，一直是那个姿势，直到僵硬。

"我说,这几天一直在等你的水芹下汤呢!"邻居在大门外的墙边唤着。

"没找到。"我迎出去跟她讲话。

"你手里什么东西?"

"一只死鸟,找盒子要埋呢。"

"何必装盒子嘛!就这么埋了可以做花肥,埋在海棠边边去嘛!"

"也好。真的!"

说着我就找了一把小铲子,一面挖土一面跟邻居又说起水芹和浆果的事来。

* 载于一九八三年十二月《皇冠》三五八期

重建家园
——将真诚的爱在清泉流传下去

当我知道小红屋已经完工的时候,心跳得很厉害,几乎讲不出话来。那边又说:"说起小王子,修屋时真的盘着一条毒蛇,不过已经拿掉了,不要怕。"电话那端的巴瑞并不晓得,我不会看到那个家就要走的。还乱说是会去的。那边说:"我们急切地等你来,要看当你打开自己的家门时,惊喜得发光的脸孔,喂,那是一个梦啊,完全不同了——"

放下电话,我呆呆地坐着,想到那条蛇,还有《小王子》那本书里的对话,蛇对小王子说:"我可以把你送到比船更远的地方去。"那条蛇,被拿走的毒蛇,应该留给我的。

事情是这样的,本来我比较欣赏兰屿,后来没有再回那个岛,去了清泉。去清泉是为了看巴瑞——丁松青神父,那是第一次。后来再去了几次,喜欢了教堂的厨子李伯伯尤帕斯和雪莉、慧珍还有许许多多青年山地同胞和清泉的那两座吊桥与群山，结果就更偏爱那块山区了。

寒假来临的时候，瑞士的达尼埃弟弟和他的歌妮来台湾探望我，我们一同去环岛旅行，第一站直奔竹东。

雪莉在清泉天主堂帮忙，是一个十分热情的泰雅女孩子，她每见到我总是凄惨地狂叫着，然后没命地冲进我的怀里来继续大叫。偏偏十分欣赏这种欢迎的方式，经过她那么出自灵魂也似的嘶喊，全村的年轻人就知道陈姐姐又回来了。

到了清泉必然是大呼小叫的，尤帕斯见到我只是抿抿嘴不说什么，可是我跳到他的身上将他抱着，如同雪莉一样地尖叫。然后才去紧紧地抱着慧珍，两人只是不出声地笑，这时候丁神父才慢吞吞地张开手臂向我迎来。他总是会说："尤帕斯将最好的香肥皂藏着给你用，在你的房里。"

达尼埃和歌妮放下背包，问我："你在台北很少这么疯的，怎么一来清泉山里就不一样了，很可怕呢，大家一直叫……"我说："回家了，心里很兴奋。"笑得哗哗的，赶快去房间里放东西，再拿起洗手盆边的香皂用力闻一下。

总是吃了喝了讲了，在教堂的吃饭间，这才对丁神父微笑，说："我们去教堂望弥撒啰！"

一群人，静悄悄地跪着，自自然然地跟天主亲近，然后照例大家手拉手，轻轻摇晃，在黄昏彩色玻璃的光影中安详平和地唱我们喜欢的圣诗。那一次，看见丁神父、达尼埃、歌妮、雪莉、慧珍、拜来、苔木和许多其他青年朋友还有我，这些人的手拉成一个环的时候，轻轻唱歌的同时流下了眼泪。都是我亲爱的人，好不容易万水千山的不容易相聚。

跳了一个晚上的山地舞，小睡了一会儿，去了村子。

一家一家去玩，山路上见面总有人和气地打招呼，绕了清泉村，走到一个小坡顶上远眺大霸尖山。其实，走过那家锁着的红砖房时，大家也就走过了，我停了几秒钟，一凛，从破了的窗户里去张望，里面一片的暗，很破；打量建料，外面是砖的，屋顶是木梁加红瓦。

"啧！干嘛不走！"达尼埃说。

我不敢响，这是一生拾荒生涯中的又一个高潮，有眼光，知道碰到了什么宝贝，心开始急着跳。

不肯走，大家也都跑回来了，一同在破洞里看老屋。

他们看屋的时候，我转去看风水，屋前山谷下一湾清流，两座吊桥，群山一路迤逦，长天碧晴如洗，轻风徐来，吹拂过站立的悬崖，对山天主堂遥遥相望，邻家的花园里开着一树愤怒的野樱，两只花母鸡在近处啄食，砍树的节奏若有若无地飘过……好一片景——色——如——画。

下坡的时候，可怜兮兮地追着丁神父，悄悄问他："喂，好巴瑞，那幢小红房子，是谁的？"他也不当心，大声问别人："破房子是谁丢掉的呀？"大孩子们马上回答了，说主人在竹东做事，根本不回来了。我不敢再多讲一句话，可是脑筋里走马灯也似的飞快盘算，几乎想成了一个事实——那房子是我的。很怪怨丁神父那么大声地喊出来，如果……如果……他太笨了，如果别人抢去了怎么办……

一路走吊桥一路步子放慢了，只有拜来跟我走在一起，拜来是我心爱的朋友，他马上去服兵役了，不防他抢破屋。这一霎间，看到远远丁神父的背影，立即明白了，对于这幢屋子，只有他，可能是如我一样动心的人。

也没再说小屋子的事，离开了清泉，一步一回头地挥手，很沉默的。每一次走都怪安静的。等到上车了，山谷才会变得朦胧又潮湿。那一次，达尼埃跟我换位子，说眼睛里出水的人最好不要在山路上开车。

去竹东的回程上，还是吐了。对着山呕吐。

达尼埃死阳怪气地说:"那么激动,还哭还吐呢,胃痛就不必来,舍不得嘛,就不必走。"

也不理他,吹着风下山,心里对自己说:"总不好意思每次去都赖教堂,又没个家的,不走又如何?"

环岛旅行一路住小旅舍,三个人挤一个房间,夜里总是拚命讲话还有乱笑,讲到从前的时光,讲到三个人在加纳利群岛和瑞士的日子,有时又一起掉眼泪,掉完了泪,大吃一顿水果,靠着就睡了。达尼埃和歌妮才来台湾一个月,舍不得分开,连睡也要挤在一起。

好不容易到了高雄,夜了,"救国团"的青年中心关门了,开车开到第十二天,全身发抖的累,坚持要住一次圆山饭店,固执地要住,弟妹不肯我请贵的,吵了好几架,结果住了。在圆山,我们不好意思三个人睡一间,各拿了一间,他们夫妇睡,我一个人。

看着那个电话,忍不住请拨了竹东清泉。"喂,Echo,那幢小红砖房……"丁神父一接电话开口就如我料!吓得死人。"巴瑞,慢着,那是我先发现的。"

"我们已经问了房东,他答应租三年,不过里面没有水也没有电,如果修好了,神父修女们可以来避静,我还没有去请示会长,我想叫它'山地平安之家',你说……"

"平——安——之——家,像殡仪馆的名字,再说,那是我先发现的,你住了清泉那么多年,就没看见过,是我,喂,喂,是我先的,你先不要开始做梦,这不公平,巴瑞,巴瑞,不要挂,我跟你讲……"

他说:"你也可以来住,将来。"

放了电话,怔怔的,达尼埃从阳台上跨过来,跳进落地窗,我吓了一大跳,脱口喊出了巴瑞的名字。

"叫错人啰!哈哈!"他敲敲我的头。

"你想昏头啰!哈哈!"我回敲敲他,然后亲亲他的脸颊,一如他十三岁的时候。

"跟巴瑞在抢一幢房子。"我说。这时歌妮也爬过阳台到我的房间里来。我们不去餐厅吃东西,在豪华的房间内啃玉米棒棒当晚餐饭。

"你疯了,就是那幢门破窗烂的小红屋?"歌妮说,"没有抽水马桶,你受得了?"

"水大概都没有,电倒不要紧,可以点蜡烛。"

"还要抢?"达尼埃说。

"要。巴瑞说我'也'可以去住,可是要抢全部,只我住,别人不可以住。神父修女住教堂,两边对山,教堂跟我每天打旗语,叫来叫去也不吵人。"

"望弥撒啰——白旗,吃饭啰——绿旗,跳山地舞啰——花旗,戒酒大会啰——黑旗,不要来吵我——没旗,可以来吵我啦。"我拿一只玉米棒一举一举的,很开心。

"Echo,想想你加纳利的家,比比看?"歌妮说。

"清泉,有我的人,泰雅的,不同。"说着就去洗澡了。

洗完澡两个人都回房去睡了,对着圆山饭店那么好的信纸,我拔出了笔,想到争产事件,想,最好先去跟哥哥丁松筠告状,又想哥哥总是偏心弟弟的,不如去跟台湾耶稣会的会长写一封信,请他下命令,说丁松青神父不可以去管教堂以外的房子,要每天打扫自己的教堂才是好神父。可是耶稣会的地址也不知的;这么狠地对待丁松青神父,也是不讨天主欢喜的。

可是我要那幢房子。

"什么,做一个阁楼?在小红砖房的屋顶上?要做什么,一个阁楼?"电话中神父又被吵得迷迷糊糊的。

"对对对,一个Loft,就是它,我睡在上面,神父修女可以睡在下面。"

"我不知道，哪有那么挤呢？又不同时入山的。"

"已经让步了，可是给我一个角落放心爱的东西呀！我要一个阁楼，你看，已经不要全部了，请你请你，给我一个阁楼，请你……"

说着说着，想到《小王子》这本书里小王子对飞行员讲的话："请你，请你，给我画一只绵羊……"神父也熟悉小王子，他够聪明就该听到那个微小的声音。

旅行之后，达尼埃和歌妮背着两把美浓的伞去了新加坡，机场洒泪而别不在话下。

他们走了，母亲与我再一同卷回爱护三毛电话大进击和"拒绝的艺术"里去不得翻身。至于读者来信，那是父亲与我的加班工作。

清晨的曙光里，在一张硬白纸上，用黑水笔慢慢地画，一个人安安静静地画，画两道山谷，一湾溪流，画远山，画吊桥，画一个围着长围巾的小王子坐在悬崖上，手里握着一朵有着四根刺的玫瑰花，画小红屋顶上一只斜着头站着的狐狸，画山上砍树的男人，河里嬉水的孩子，画一个尤帕斯站在对山大喊："来吃饭！"画一个丁神父从山上滚下去找眼镜，画泰雅族的亲人手拉手一冲一冲地在跳舞，画一个扩音机在放苏芮的歌，画一个醉鬼四平八稳地躺在路上睡大觉，画一个潘叔用大刀说要杀人或自杀，画了好多木干上长出的香菇……最后，左边画了一个太阳，右边一个月亮，而小王子的那颗小行星，正对着他，在静静的天上闪烁。

乡愁，如同铃铛一样，细细碎碎地飘过来。嗳，还忘了邻家那一棵野樱花呢。

画好了，收起来，塞进抽屉里，将牛仔裤折折好，丢进箱子，第二天，上飞机去了一别十二年而连一个梦也不肯回去的美国——瘦得太厉害了，想来是不大好了，豪诺医生一直催我快去呢，他有雷射刀可以割掉我身体里的七个坏东西。

在圣地亚哥，抱着一只中国炒菜锅，投入马丁森妈妈温暖的怀里——喊她妈妈，丁神父的母亲。跟她说，巴瑞有嫌疑要一个破房子——抢我的发现，她怔怔地望着我，问："你不是有你母亲给的一幢小公寓，他不是有个教堂，你们抢什么？"我说，抢一片土地的爱和归宿和根和那声雪莉见我时的狂叫与拥抱。妈妈慷慨地给了我一个石膏的塑雕——巴瑞做的一个人体。我觉得，这也不是土地，可是不无小补。算它是大地之母好了，又那么瘦的。

回来了，塑雕藏在美国一个朋友的家里，只怕一心软，又带回台湾交回给神父，毕竟那是他的心血。

也不找神父了，也不敢想小红砖屋了，文化的学生是心肝宝贝，见了他们，仍是说着一个清泉生根的梦，他们笑笑，不知除了他们，原来老师对土地的爱，也是深厚的。

西班牙邻居打电话来，说想我想断了肠子，为什么音讯全无。我说，那边的梦已是过去了。

梦，便是梦才叫梦，白天忙忙碌碌，也不画来画去了。

带回了丁妈妈亲手焙烤的水果蛋糕去光启社，给两个为了热爱中国长年离家的孩子，大丁神父看了蛋糕惊叹说："哦——"小丁神父那天带了一群泰雅族的孩子正在光启社唱歌录影，这一巧遇，那个大嗓子雪莉也不管录影棚，照例狂喊一声——陈姐姐，冲上来抱住，拉过一旁的慧珍来，也紧紧抱住，自自然然地露出了真挚不移的爱和信任。他们，泰雅族，是一种真人，没有可能不将那颗心交付给他们。这一切给人太多的爱，丰富了平淡的生命。

别以为泰雅族不骄傲他们的血液；别以为，你拿人类学去研究他们，他们便希罕；别以为这群可贵的歌舞编织的部落没有敏锐的直觉，他们清清楚楚知道——直觉地知道，哪一种心灵，是他们的同类。

尤帕斯在二月的时候慎重地翻出一本小日历，说：三毛，五月桐树花开了，我们去爬大霸尖山。却不知，五月的三毛，在体力上已不及五十多岁的尤帕斯了。

丁神父是个慈悲的人，他说房子本来是我的。徐仁修去清泉，每一个泰雅山胞都对他指，指悬崖上的小红屋，说："你看，那是三毛的家，她五月五日要来，我们替她拚命赶工。"神父没有再做梦了，他很安分。

水接了，电来了，浴室做了，唯一的一间房间铺了地板放了日本式的低茶几，老灶留着，漏瓦换了，衣柜买了，门窗换了，锈铁窗拆了个干净——我们不住笼子，墙上的裂缝补了，温泉接到房子里，石桩留在厨房，被褥也准备了，毒蛇从梁上拔下来，灯接了，可惊的是，山地乡亲合搬一个大澡缸过吊桥，给陈姐姐一个舒适的浴室，抽水马桶不够，居然挖了化粪池……

当我知道，连窗帘也挂上了的那一刹那，我的心，是碎了。家，是一个有窗帘的地方，而尤帕斯，正在屋前种一种小树丛避蛇的树木。邻居说，如果三毛不会用老灶起火生柴，他们可以借一个瓦斯桶。

听来容易，这一件又一件琐事，是一袋一袋水泥捆过吊桥山路给搬上去的。朋友们跟着神父做工，没有告诉我。

神父不知道，要工作得崩溃，记忆力严重丧失的 Echo 是不再留在台湾了。医生说："你可以在台湾开刀。"我笑了笑，要走，不要人探病和怜悯，要一个人去疗小毛病，在最没有亲情的美国，只为了那儿没有爱的重负。

耶稣会长没有怪责神父，他知道，神父是为了一个急需休息的朋友，预备一间安静的小屋。而梦想完成的时候，她却回不去了。这也是天主的安排教人学功课吧！

对着丁神父打来的电话，我一直放心地哭，一直说："为什么拿去那条毒蛇？它可以送我回到我的来处，那个比船可以载人去天涯海角更遥远的地方。"

神父来了台北，一个好牧羊人，深知我的梦，我重建的家园，是暂时回不去了——连一眼也不能去看，只怕看了，拚死也不离开。其实，要死也不悔的，死得其所，心甘情愿，在一个悬崖上对着那片深爱的人和山。

我的家,可以摸着泥土,踏踏实实踩着大地的家,是不能不割舍的了。唉,这也没有什么不好。

"巴瑞,世界上,最爱的就是父母手足学生和清泉,知道人生还有追寻、有学习、有分享、有兴趣、有前程,而我,却一直学不会割舍,难道割舍不重要吗?难道它不重要?请你,我的神父和兄弟,请你帮助我,忘掉那幢小屋——而我不能,毕竟我也需要一些踏实而可以摸触的实质,我要一幢小房子,一个家园,一份爱友……这在清泉……"

"你说分享,Echo,你说了分享不要难过,小屋有用,它是你的,健康了可以再回来,你不会将它锁起来不分给你爱的人类,要如何快乐?那么,将小屋开放,给那些莘莘学生另一个地方可去,给了他们吧……"

一时里,我不再流泪了,我想到我文化的学生,还有千千万万个被学业压死的学生,我的爱,我的小小的梦,可以分享,我的生命,可以延续;我不穷,我有一幢卑微的山林小屋,可以开放,分给一切在压迫感下不得舒展的青年。

亲爱的称呼我陈姐姐的青年朋友,在学的、在工厂的、失学的、毕业了失业的、落榜的、上榜的青年朋友,在新竹县五峰乡清泉那个地方,有一幢叫做"三毛的家"的小屋,今后开放给你们。欢迎分享小王子的星空,在各位渴望回归大自然的情况下,请各位利用这一幢我不能享用一日的房子,作为大家的家园。在那个房子里,没有舒服的床垫,只有木板地,可是这一切不是受苦,请各位尝尝硬板地的坚实,诚心诚意留下了给各位度假,我的家,不再只是我的,是大家的。

请社会人士不要利用这个建议只去观光,我们要纯净的青年。以诚心对待山地的同胞,与他们做一个好朋友,让人类的关爱,彼此交流。去了清泉,请在离开时将垃圾放在塑胶袋中背回来,不污染环境,请在河边唱歌烤肉,不要在小屋喧哗终夜,请用完了三毛的家,打扫清洁留给下一次的同胞居住,请不要在我家的墙上刻字,请不要将硬纸丢在抽水马桶里,请用完了浴缸用去污粉洗净,请参加山胞欢迎各位的晚会,请不要拚命对着刺青纹面的老婆婆拍照,请用出自内心的爱去爱山胞美丽的心灵,请不要拚命鼓励山胞一同喝米酒伤害彼此的健康,请住一日——无论二十三十个青年，凑一日五百块台币捐给山地青年俱乐部买他们需要教育的种种器材，请照顾山区的合作社，买买他们的日用品和菜蔬，请你，请你，将三毛未尽的爱，真诚的爱，在清泉流传下去——这是我们当做的，不是慈善。

更请你，当泰雅的朋友走出山区的时候，给他们一份小小的鼓励和帮助，不要不认他们这一批泥巴做的真人。

这是我心爱的家分享给各位的条件，不再痛苦自己的离去，因为那个原先只为自己梦想的小屋，在这种处理上才有了真正的价值和利益。它是我目前最不舍的一样东西，也许微不足道，但是对我，它已是全部的梦了。

新竹县五峰乡清泉，可以先到竹东，换小巴士——每日八班进入，要在竹东警察局用身分证申请入山证，很快的，五分钟便可办妥，请与丁神父联络，电话是（〇三六）八五六一〇二六，麻烦他为着天主对人类的大爱，再做一次付出。请一定放在心上，泰雅的青年亟待支援，三十个学生住一日，合凑五百元台币给他们，是不是不为多？这又恳请丁神父的辛劳代收支配。不要以为付出的是去度假的人，事实上，清泉回报的教化和启示，是无法以金钱去衡量的。去了,自然明白这个道理。

天主教耶稣会的好会长:谢谢您的爱心和了解,谢谢天主教对同胞的爱心。

不要忘了,丁神父喜爱核桃糖——他不肯独吃的,尤帕斯身体不好,他相信维他命,山地青年需要友情的心和手,请给他们带去。各位如果喜欢去住住三毛的家,请一星期前与丁神父联络——用电话。

家园重建了,蛇也拿走了,那个梦家,放了,不再遗憾,欣慰地明白了,小小的一份分享,很微小,内心却是真诚的,而受益最深的人,是那个三毛。

(注:公开丁神父的电话,曾经得到同意与认可。)

* 载于一九八四年五月二十七日《联合报》副刊

百福被

快下课了,休息之后仍是另一堂"散文习作"。每周只两堂的,很舍不得那么短的相聚。

同学们就算下课也不散去,总也赖在教室,赖在我身边。

那天眼看又是下课了还不散,就拿出一百多块花花绿绿的方块布和几十根针来。同学们看了都围上来,带着八九分好奇——"是给我们缝的?"我笑着说是。女生很快去拿布配颜色,有人在后面喊:"老师给不给男生缝?"那当然啦!

缝着缝着又上课了,学生不放针线,老师开始诵读一篇散文。全班的手指就管着手上两块布。同学们一面听讲一面做手工,偶尔有人突然轻叫或从牙缝里吸一口气,我猜是被针扎了手指。

华冈的高楼上开着四面八方的大窗,云雾从这个窗里飘进来,沾湿了我们的头发,迷一阵我们的眼睛,才从另一个窗口跑出去。我看着白茫茫大气里的好孩子，希望时间就在这一霎间停住。

下课的时候，收回来的是六十多块成了长形的布。

又去了另一个班，六十块成了三十块大大的布。那时，师生已经快要分手了，只是学生们并不晓得。

再过一周跟同学们见面时，拉出来展现在班上的是一大块彩色缤纷的拼花被：老师加工过的一幅布画。

大家都叫了起来，很有成就的一种叫法："这两小块是我缝的，不信上面还有血渍，老师找找看——"

男生女生的手法跟做作文又不一样，女生绣花似的密，男生把针脚上成竹篱笆。

下课时，大家扯了被的反面，使劲拿原子笔去涂呀——涂上了两百多句送给老师的话语和名字。做老师的觉着幸福要满溢出来，也不敢有什么表示，只说："不要涂上大道理，盖了会沉重——"

当晚真的拿花被子盖着睡觉。失眠的夜里趴在床上细读一句又一句赠言，上面果然没有大道理。一个美术系的选修生好用心地涂着："老师不要太贪玩。"

后来朋友们看见这块拼布，就说："一百多个青年人给你又缝又写的,这种被子盖了身体都会好起来的。"

的确是一种百福,可是离开了学生以后,身体和心情一直往下坠落,至今没有起色。

也跟同学说:要是死了,别忘记告诉我家里人,那条满布学生手泽的花被一定给包着下葬,千万不要好意给我穿旗袍……听得同学一直笑,不知谁说:"马革裹尸。"

其实也就是这个意思。学生实在是懂的,懂得有多么看重他们。

这条百福被一直带来带去,国内国外的跟进跟出,以防万一。

当年的学生,两班都毕业了。

有一天黄昏回父母家去,迎面上来一个穿窄裙高跟鞋的女郎冲着我猛喊老师老师。我呆立在街上,怎么样也想不起这女孩是哪一班的。

"老师,我上班了,在一家杂志社,你看我写的访问稿好不好?"接过杂志来翻了一下,笑着递回去,说:"学用句点,逗点不要一大段落全用下去呀!整体来说很好的。"那个大孩子在说再见时有礼地递上来一张名片,笑落一串话:"老师八成不记得我了,叫张蔼玲,忘了吧?"

会是那个蔼玲吗？百福被上明黄的一块底布，原子笔涂得深深的那句话："老师，下辈子当你的妈妈，看着你长大是我的心愿。学生张蔼玲。"

而今摸着这块百福被，觉着那一针一线缝进去的某种东西已经消失。它的逝去，是那么地快速。是一群蝴蝶偶尔飘过一朵花，留下了响亮的喊声："我爱你。"微风吹过，蝶不见，花也落了。

仍然宝爱这一床美丽的被，只是这份心情里面，有着面对一些纪念品时的无可奈何跟悲伤。总而言之，这床百福被已成了一场好时光的象征，再好，也不能回头了。

* 载于一九八五年九月《皇冠》三七九期

走不完的心路
——蔡志忠加油

前几年的一个盛夏,我恰好回台。就在同时,新加坡的好朋友,当时《南洋商报》的董事总经理黄锦西、莫雪黛伉俪也来了台湾。

锦西和雪黛是多年好友了,知道他们抵台,我迫不及待地跑去旅社探望他们。

因为当天下午锦西约见了许多公务上的朋友,所以外间的客厅让给了他,雪黛和我躲在旅社内室中,讲也讲不完的话,东南西北地扯。

雪黛靠在床边给我弄水果吃,我抱了一个大枕头盘脚坐在地毯上——就坐在电话旁边,因此顺手替他们接电话。电话好多,典型的中国式热情欢迎远方来的朋友。

就在接了好多次电话之后,又来了一个。

对方客气地在电话中自我介绍,说是蔡志忠。我将话筒捂住,轻问雪黛接是不接?雪黛听到这个人的名字,跳起来抢过电话,说锦西在忙,什么时候一同吃饭要等会儿才知道,请蔡先生过几分钟再打来。

挂了电话,雪黛看我表情漠然,才好吃惊地问我:"刚才是蔡志忠来的,你不认得他?"

我茫茫然。她说:"亏你还是漫画迷来的,《大醉侠》难道不晓得?"这才轮到我尖叫起来,把枕头用力一打,怪她怎么不在电话里给人介绍。

"反应慢来的,现在才明白了?"雪黛笑着敲了一下我的头。新加坡的人,用华语和我们有些不一样,他们的口头语"来的、来的、来的"什么句子上都用,听了十分有趣。

后来电话又响,我就在电话里向蔡志忠叫喊:"我是三毛来的,久仰大名了,你们要什么时候聚餐,我也要去,你请不请呢?"

想去认识一位心中仰慕已久的画家,却因为自己俗务缠身,结果没能参加一场渴望的晚餐。

许多年,就这样流去了。

今年中秋节回到台湾,下决心不再远居,其中最大的原因还是为了年迈的父母。

就在去年夏天,事实上我已购下一幢楼中之楼,外加屋顶小花园的陈旧公寓,将这个家,布置得极为乡土又舒适,就坐落在父母家几条巷子相隔的地方。当时,我与父母天天见面,可是总在深夜回到自己的小楼来生活。

这一回,父亲主张将那幢属于我的小楼卖了,搬回家去与父母同住,省得两边跑路又得费心打扫花园。一时里,我答应了父亲。

于是,小楼要卖的消息就传了出去。

有一天,我回家去,母亲说有一位蔡自忠先生打电话来,说"如果三毛卖房子,请先通知"。我看见母亲留下的字条写着"自忠",一时反应不过来,立即回了电话,那边说起黄锦西先生,我这才又尖叫起来:"蔡志忠、蔡志忠——"连名带姓地喊他,好似一个老朋友一样。原来,又是"大醉侠"。如果房子能够卖给他,我的心里不知会有多么高兴,可是一时里又舍不得卖,因为明年的樱花还没能在屋顶花园上见面,而我,正在热切地盼望着。

蔡志忠说没有关系,他也并不急着找什么房子。后来在电话中我们谈起别的事情来,才发觉,他的漫画已经走上了另一个方向——将中国的经典名著搬上了漫画的舞台。

没过几天,我收到了一本美丽的书,书名叫做《自然的箫声——庄子说》。

在那个深夜里,我捧着一本漫画书,看见我心深爱的哲人——庄子的思想,经过漫画,成为了一本人人可读、可懂、可赏、可观的图画故事,内心的快乐和激荡是无可言喻的。

我也同时在想:为什么前人从来没有想到,中国看似艰深的哲学思想,可以透过漫画的管道,走向一条更通俗、更被人接受的路上去?

就是蔡志忠的智慧,使一些视古文如畏途的这一代中国人,找到了他们精神的享受和心灵的净化。

没过几天,我去了忠孝东路的一家书店,发现这本漫画书高居"畅销书榜首",我的心,再一次默默地在欢喜。毕竟,中国人还是爱中国的,这本好书的诞生和畅销,就是一个最好的证明。

于是,我悄悄地去探讨蔡志忠这个人的一生,发觉,他的必然成功,其中没有偶然。

蔡志忠在念完了初中以后就放弃了学校模式的教育，他，不再上学，将自己的心怀意念完全投注到一个在少年时就已肯定了的兴趣上去。他的自我教育和手中的那枝笔，在成长的路上，可以说借着不断的尝试和摸索，一步一步、日日夜夜，就为着一个理想——没有怀疑过的理想，带着他走向未知。

十六岁的少年，在当时，已经画了两百多本武侠漫画，不但如此，十七岁的年龄，已经出版了这么多书。就算是我们口中由一数到两百就得花上好几分钟的时间，更何况那不是数目，是两百本实实足足的漫画。光凭想象，就可以晓得作者近乎痴迷入狂的那份努力。

我觉得，一个人无论做什么事情，如果少了那份痴心和热爱，终是难以成就的。而这份"痴迷"，如果不在一开始就坚持下去，时间过了，也会冲淡。只有在不断的追求里——"一步也不离弃"的追求中，人，才能在付出了若干年的血汗后，看见那个可能进入的殿堂。

本以为，蔡志忠画了那两百多本漫画之后，接着而来的三年兵役可能使他就此放下画笔，可是他的心，还是在漫画上。

半大不小的青少年，服完了兵役，还是两袖清风。

也在那个时候，天主教"光启社"招考美术设计的人才，这个广告上明明写着必须具备大专程度的学历，可是蔡志忠这个初中毕业生偏偏跑去报名。因为他的学历不合要求，于是志忠跑去向光启社的鲍神父恳求，请神父无论如何给他一个参加考试的机会。

那一次，蔡志忠考赢了好多好多大专生，进入了光启社去工作。我认为，志忠的获准考试，除了他本人的努力之外，鲍神父的爱心，也是令人感动的。

蔡志忠虽然画了许多年的漫画，可是对于卡通片的绘作技术还是陌生的。当他进入光启社，接触到许多卡通片的资料和片子之后，以志忠这么好学又好画的个性来说，等于进入了一座宝山。虽然完全没有人教导他如何制作卡通，可是他自有方法和苦心，一张画面又一张画面锲而不舍地去追求、去研究、去尝试、去失败，再去分析、探讨、改进……

这一段又一段心路历程想来是艰苦而磨人的，可是我相信志忠并不以为苦，在他的学习过程中种种经历过的琐事，在他那份忘我舍命的追寻里，必然给了他相同代价的回报。

这份长长的路途，终于在一九七六年"远东卡通公司"和"龙卡通公司"的诞生下，给了蔡志忠另一个新天新地。

蔡志忠去画卡通片了！

一九八一年，一个初中毕业的青年，抱回了一座"最佳卡通影片金马奖"。

如果当年我在台湾，如果我在电视里看见蔡志忠去领奖，我一定会快乐得又要擦泪又要替他鼓掌，这条路，是他——一个痴心人所走出来的。

由台下到台上的那条路——很长。

以后的蔡志忠漫画，不止在台湾，他的作品同时出现在新加坡、马来西亚、香港、日本……跟读者见面。

发表的作品：《大醉侠》《肥龙过江》《光头神探》《西游记38变》《盗帅独眼龙》……使我这个爱看漫画的人一回国就想找书来看。

一九八五年，我大半不在台湾，当时我知悉蔡志忠当选十大杰出青年的消息时，内心深深地为他感到光荣与骄傲。虽然，那时候我们并不相识，可是我一直注意着他，内心也曾想过，以后的蔡志忠，会再画什么、写什么呢？他能不能够再有另一个突破呢？而这种突破，作为读者的我们是绝对不可以写信去给他压力的,毕竟他才是最明白自己的人。

当我的手中拿到《自然的箫声——庄子说》这本书时,不必他对我讲什么,我自然而然地又看见了蔡志忠更上层楼的成绩和进步。

在电话中,我问志忠:"除了庄子,下一本你画哪个'子'呢?"他说:"老子也画了。"我再追问:"那下一个是什么'子'呢?"

志忠说:"是列子。"

列子、列子?当年我的"中国哲学史"考到九十九分的,却不甚明白列子说什么。于是,自己查、托人又去查,都只有时代、作者,并没有关于列子这本书更进一步的说明,直到昨天晚上。

当我匆匆忙忙赶回父母家去的黄昏,我看见一本安排得整整齐齐的笔记夹放在茶几上等着我,翻开来一看,竟是蔡志忠的新作《列子说》的稿件。

当天晚上,不必再查书了,就将这本精致的原稿《列子说》由《汤问篇》开始慢慢地看起来。

我看其中的思想、故事，当然也看漫画，更看那些文字和图片的布局与安排。

一个念哲学的人如我，一面看一面觉得汗颜，原来还有那么多引人深思的故事自己都不晓得。如果不是志忠请人送来原稿，我的常识不会再宽广一点，这是要深深感谢他的。

又在电话中，我问志忠："你怎么选了比较冷门的这本书来画呢？"

志忠回答得好，他说："心里喜欢的书，就去画，没有什么特定的理由。"

我觉得志忠是一种林怀民所说的"自由魂"，他的谈吐、绘画，以及"古书新说"的方式都是出于一种自然。也曾跟志忠说："这份工作很苦。"他笑着说："忙、累都会有的，可是我不以为它苦。"

世上许多事情，只要甘心，吃了多少苦头都不会受到伤害，它们反而成就了一种可贵的印记和生命的痕迹，成长中不可少的经历与磨练。这种体认，我本身也有过，以此去类推，蔡志忠这条漫长的心路，就很能体会了。

《和先圣并肩论道》是蔡志忠收入《庄子说》这本书中

写的一篇前言,我的看法与他不谋而合,都写在本篇第二小段里去了。

我喜欢志忠在文章中与先圣"并肩"那两个字的含意,也看出他在这一阶段中所着手绘画的大计画和苦心。他的确正在"并肩"与古人一同工作。

目前《庄子说》《老子说》都已结集。志忠的新作《列子说》也开始在这一期的《皇冠》杂志上与我们见面。

我禁不住要为这一位勤力、勤思、勤学、勤画的杰出青年,在这儿喝彩、鼓掌加感谢。但愿经过这一本又一本漫画,使我们在观看漫画——赏心乐事的时光里,自然而然悟出先贤的思想和人生的哲理。

蔡志忠,好朋友,请问你听见了我们为你"起立鼓掌"和那一声声"加油!加油!"的响声吗?

注:《列子》是一本书名,共有八卷。过去的人认为是战国时周国一位叫做列御寇的人所撰。到了晋朝,张湛又为这本书做过注。又有清人姚际恒说,《列子》一书中的故事并不完全是列御寇所原著,而是后世的人加进去的。总而言之,如果这本书中所写的一些道理能够激励蔡志忠用

心去画，那么我们就去读一读吧。到底是谁写的又有什么重要呢。

* 载于一九八七年一月《皇冠》三九五期

我的弟弟星宏

亲爱的小弟弟：

自从收到你那长长的来信一直到今天，不过是一个月吧。我们通了三次信，打了一次长途电话，也每天在心中想念你。

当我第一次展读你的长信时，正在深夜。看到你——一个少年的男孩子，因为全身骨折，已经躺在一个幽暗的房间里四年半了，而你，没有一个人可以倾诉内心极大的痛苦和忧伤。

在你流畅的来信中，我看见了一个聪明、向上，却被命运作弄成这么一个样子的少年。你的笔调，一字一泪，其中没有一丝人生的盼望和向往，只怪责自己拖累了爱你的父母。

在那封信中，星宏，你要求我做你的姐姐，这对我来说，是多么地骄傲和快慰，只因为你看重我。星宏，在我的一生里，并不习惯去认家庭以外的人做弟弟或姐姐。可是，今天，姐姐公开地答应你，今生今世，我又多了一个可敬可爱的好弟弟。答应了，就对你一生不悔。

在打到台南的长途电话中，我用闽南语和你的父亲和母亲说了好长的话。由他们两位可敬的人身上，我看见了父母对你的深爱和关心——他们也痛苦，又为你病中的表现又疼又惜。

我的弟弟，在这儿，在以前的通信中，我坚持你需要一把轮椅，即便骨头全碎了，即使用布条把你绑在轮椅上，也应当在三五日之中，请母亲推你出门去散散心，不可以长年将自己留在床上，那要闷出神经病来的。

我们的长途电话，就是在讨论轮椅的事情。

这是第一步。

再说，姐姐最关心的还是你的心情。好孩子，我深深地知道，快乐在许多情况下很难立即得到，可是你的骨头是全完了，你的思想和灵魂尚且知道如此的苦痛，可是，你还是一个有血有肉的人。孩子，再三展读你第一封来信的那一夜，我趴在桌上任凭眼泪狂落。星宏星宏，姐姐也在与你同哭同痛，恨不能把全身骨头都换给你。毕竟我已活过了丰富的半生，而你的生命，还有很长的煎熬。如果可以换骨，那么即使我成了你,又有什么遗憾？可是我能吗？我能吗？这个"不能换骨"，使我产生如此的无力感，我只有写信给你、寄书给你、疼爱你、关心你，就只能做这一点点微薄的小事，来换取你的笑容。

而你的回信，却说，收到信时，你哭了。这不是悲哀自怜的眼泪，姐姐明白，这是你多年的受尽折磨之后，一种被了解的泪，那么，就去哭吧，眼泪可以洗去许多我们心中压积的悲伤。

可是，弟弟，我不要你再哭了，虽然你有着全部的理由一辈子伤心下去，而做姐姐的，看见你身心都受到剧伤，是不能就此放下你的。

星宏，有关将来的事，我们暂且不要去想得太多，我要你快乐起来，这是目前最重要的。一个少年如你，你也有全部的理由去快乐，这件事情，说来好似勉强，但是，只要你有一颗知道悲喜的心，姐姐就要把快乐的种子一点一点种到你的心田里去。

寄给你的书，想来是收到了，以后每半月就寄一本。如果你躺在床上胡思乱想而又悲不自禁时，请你，我的好弟弟，把心安静下来，把自己的病尽可能忘掉，请把书本当成你的好朋友。这样一个月两三本，姐姐会慢慢给你有系统地寄书去，一点一点加深，十年苦读之后，星宏，那时候，你的境界必然提升，你的胸怀，必然辽阔，你的见识，一定会增加许多，而你的人生观，必然豁达。

星宏弟弟，其实我们很像，两个难姐难弟，所受的学校教育都不长久，可是我们可以自我教育，有时候，甚而还可以利用本身遭遇的苦痛去面对一些身心健康的人所不能体会的万般滋味。这虽是苦难，一旦你想通了人生，这些痛苦和挫折就成了上天给我们最大的礼物——虽然我们情愿不要这个苦杯。可是，既然面临的是逃脱不掉的余生，那么让姐姐的我，暂时拉住你的手，在心灵上拉住你，直到你建立了那完整的自我与信心。在这之前，姐姐很固执地不愿放下你。

听说你在小学的时候，虽然骨碎了大半，必须母亲抱送上学，可是你是个年年拿奖状的好孩子。星宏弟弟，虽然在国一的时候你因全身骨碎而休学，可是由你小学的刻苦勤学，在小小年纪，不以身体的障碍而自弃，就是个坚强的好小子。姐姐，最敬爱不逃避挑战的灵魂。

弟弟，在新年将近的这几天，姐姐的心中最怀念的人就是远在南部的你。虽然不能在近期内跟你见面，可是姐姐总有一天要去看你。你在来信中说，万一见了面，可能叫不出"姐姐"这个字，因为羞涩。可是姐姐不羞涩，去了，如果碰触你时，你不痛的话，让姐姐轻轻地拥抱一下这么可爱的小弟弟，至于你喊不喊我，又有什么关系呢，我们彼此心里亲密就够了。

新年时，你的家人团聚必然也带给家中一些快乐，姐姐希望你也快乐。在这里，姐姐特别送给你一句话作为新年的共勉。当然，第二本书又要寄去了。

星宏，我们牢牢记住——"永远不向命运低头，永远永远不低头，做个勇敢的人。"

等你的来信。躺着写字手酸，就少写些好了，而姐姐在夜深时，常常会给你去信。

勇敢的好孩子，我们不能赖喔，今生今世，你帮我，我疼你，就这么一同走下去了。

你的姐姐三毛上

* 载于一九八七年一月二十八日《中国时报·人间》

暗室之灯
——送别顾祝同将军

敬爱的顾伯伯,当那天,电视新闻中播报出您逝世消息的当时,我正在厨房中帮忙母亲洗碗。父亲高声叫我快去客厅,我冲到电视机前,正好听见新闻的尾声,证实您已走了。

证实了您的远行,我将双手清洗干净,回到自己的房中,将门轻轻关上,在暗室里静坐了好一会儿,然后开始在心中反覆为您默念——阿弥陀佛、阿弥陀佛、阿弥陀佛阿弥陀佛阿弥陀佛阿弥陀佛阿弥……

顾伯伯,知道您府上虔信佛教,而我却生长在一个基督教的家庭里。在这个时刻——您的灵魂还不远的时刻,我唯有将全心全意的念力,以这四个佛家的字,反覆诵念,只愿在这不断的梵音里,使您这条路走得更安稳更安详。

念了几千句"阿弥陀佛"之后,想到此时顾伯母的心情,还有您孩子的心情,我跪在地上,将脸埋在手中,唯有向沉默不语的上天哀哀祈求,请他在这最艰难的一刻,安慰顾伯母、安慰这一群从此失父的孩子,也安慰跟随了您——顾伯伯一辈子的那些老部下忧伤的心灵。

那一个晚上,想念着您们全家,彻夜不能阖眼——那个朴素而有着深厚教养的可敬之家。

不,我不要在那时候立即打电话过去。这种时候,是属于你们最亲密的全家人,绝对不能打扰。而我,只有在心中默默地悲伤,不停地把今生对您的敬和爱,在诵念中传递给已经上路的您。顾伯伯,也许,您已经不记得我了,可是让我——一个渺小的小辈,也悄悄伴送您一程吧。

过了十天左右,这才打电话到您府上去,接电话的是八妹的女儿,我跟她说:"请妈妈来听电话。"八妹接听的当时,我们在电话中哽咽不能成声。问她:"顾伯母怎么样?"八妹哭说:"妈妈很伤心。"又问:"那我的老师呢?什么时候回来?"妹妹说:"就是这几天,哥哥会赶回来。"

"八妹,请你告诉我,我可以做什么?"问出来这句话时,内心是那么地感到无力,明知做什么也取代不了丧夫、失父的剧痛,这明明是白问的,虽然出于一片至情。

挂上了电话,想到我的恩师顾福生,想到他乘飞机赶回来向父亲告别的心情,我又疼又惜。只恨自己受恩一辈子,对于这家人,却完全不能报答于万一。

想起小时候的情形,那些日子和长长的岁月,就如电影一般地在眼前再次流过。

自闭症,我的,经过了多少心理医生都治不好,是我的老师——顾福生,在每周一次的画室里用耐心和爱心,经过了一年整的时间慢慢开启了我对外面世界的窗、门,还有路。

当时,总是在星期五去学画画,有时,心理障碍又来,就走不出去,老师也没有逼过我。也是在一个星期五的黄昏,那天,我一个人在画室中画一堆静物,天暗了,已近黄昏。老师平日并不守在我背后一笔一笔地钉住我,那会使我紧张,老师总是到其他的房中去,每隔几十分钟,才来看一下我的作品。

那个黄昏,在一幢日式房子后院搭出来的画室中,顾伯伯,我第一次看见了您。

画室的光线暗了,我一个人静静地坐着,是您,顾伯伯,推开了纱门,进来,含笑着对我点点头。当时,我见来的是老师的父亲,立即站了起来,向您轻轻弯了一下身。不知要说什么,心里吓得不得了,而我面对的却是一个如此可亲的长者。

"为什么不开灯呢?画完了吗?"您问我。

我想告诉您,顾伯伯,如果一开灯,那堆静物的光影会改变,可是我不敢说。您又对我笑一笑,把画室的灯,替我点亮,然后走了。

四颗星星的上将,为着一个十六岁的小女孩,点亮了一盏灯——那生命中第一盏引路的灯。

一年之后,恩师去了法国,本以为这一来又要长门深锁,再也不出门去。没有想到,老师的妹妹:一对双胞胎——七妹八妹,主动地伸出友爱的手,在我没有一个朋友和同学的闭塞日子里,做了我少年时代的好友。

再见到顾伯伯您的一次,已是七妹八妹高中毕业的时候了。那天,我也被邀请去参加那场毕业典礼。当我打扮好自己,坐三轮车赶去您府上的时候,正听见顾伯伯您说:"可以去了吧?"而顾伯母在回答:"还有陈平没有来呢,再等一等。"那时,我走进门,看见顾伯伯您穿上了神气万分的军装,七妹,站在父亲面前为您轻轻做最后的整装。那一次,我好似是您们全家活动中唯一的外人,而我所受到的爱护和照拂却是极友爱又亲切的。

七妹、八妹高中毕业之后进了辅仁大学，虽然我们三个非常渴望一起去做同学，结果命运却将我安排去了文化大学——当年的文化学院。从那时开始，我的心理障碍慢慢地减退，没到两年半，我离开了台湾，由一朵温室中的花朵，彻底改变成为一个克勤、克俭、刻苦的青年。

　　许多年住在国外，心中常常想念顾伯伯您们全家。这份想念，与其说是思念，倒不如说是今生今世心中默默的感恩，因为这份感恩无以回报于万一，常使我在异国的深夜里怅然而自责。

　　几次回台，来去匆匆，没有顾伯伯您们家的消息，也去过当年的泰安街，寻找、打听。只听说搬家了，寻找不着。

　　直到前数年，恩师顾福生，首度回台举行画展，才知道了顾伯伯您的新地址。那一日去拜望老师的时候，再见到顾伯母、七妹、八妹还有我姐姐的少年好友顾永生——该是六妹吧。那种恍如一梦的感触中掺杂着多年不见的悲喜和激动，什么时候，除了我，这批当年的女孩子，都做了母亲。可是我们见面时，仍然快乐得好像当年的一群小孩。

　　而直接救过我生命的恩人：我的老师，我还是对他情怯又敬爱。顾伯伯，也是那一日，我在您的新家，您当时正在接受一场电视访问，大家在另一间轻轻低声说话，唯恐出了高声影响收音的效果。

您，顾伯伯，在那时候仍是那么地健朗，您的孩子——我的老师，又把我向您提了一句，说是二十年前的学生。您对我含笑点点头，就去客厅录影了。我不敢问您，顾伯伯，当年，您替我点过一盏灯，也给过我生命中启蒙的那另一盏灯——您的儿子。这是您的善心，您一生行善太多，不可能去想起。而这对我来说，您的一家人，影响了我半生的发展，这份恩情，我不能就此忘怀。

在您过世十日以后的那一天，我在电话中对八妹说："没有你们全家，没有今日的我。"说时热泪盈眶，追问顾伯伯的告别式是在哪一天。八妹问我：做什么？我说要去灵前跪拜。再说了一次："我的恩人，是顾伯伯的孩子，没有顾伯伯，就没有顾老师，没有顾老师，没有后来你们的友情，没有这一切因果，没有今日的我。您们全家，都是我承恩的人。"说到这里，才痛哭出来。

顾伯伯，今日您远走了，撇下了热爱着您的家人、朋友、部下和您尽忠了一辈子的"国家"。我要去您的灵前向您下跪，向您在今生也是最后一次，在心中、在最最真诚的跪拜下，再一度表示我无以回报的感恩。

顾伯母，丧夫之痛，痛如澈骨。死者已矣，生者何堪。我们爱您，深深地爱着您，可是这份剧痛，没有人有资格与您分担。亲爱的顾伯母，请您切切节哀，一切安慰您的话，在这个时刻都没有太大的效果。顾伯母，请为着爱您一生的丈夫、儿女，坚强起来，这个家，需要您做支柱，需要您，把这份亲密的家庭之爱再绵延下去。

二月八日是我们向顾伯伯在这世上告别的时候。有一天，我们在另一个空间，必然再度和亲爱的人相会。一旦我们存着这一种信仰，生离、死别，都不能将我们对亲人的爱隔离。顾伯母，请您节哀，请您坚强啊！

顾伯伯，虽然您是我恩师的父亲，在称呼上不应称您伯伯。可是自小跟七妹八妹做朋友，在这份友情的根据上，就喊了您伯伯。想来您是不会怪责我的。

小时候，常常在您府上吃点心、吃饭。在当时，您的家，是我唯一肯去的地方。也为着您全家人对我的关爱，使我看见了一个朴素、有礼、绝对长幼有序、井井有条而又亲密和气的中国家庭。这份潜移默化，是我一生的影响，至今受用无穷。

那些深爱着您的部下，一生追随您，不肯离去。那份军中之忠，多年之后成了家族之爱。顾伯伯，如果不是您一生做人宽厚慈爱，不可能有那么多的子弟忘我地紧紧跟住您、爱您、敬您、惜您、忠心于您。这一切，都因为您的行为和操守，令人不肯舍您而去——他们太爱您。

您一生的事迹，您的回忆录——《墨三九十自述》正在《传记文学》这本杂志上开始连载。

当我读到第二章——《童年生活》时，才知在您的童年已经是一个没有母亲的孩子，依靠着祖母相依为命。顾伯伯，您的一生，是一篇刻苦、勤学、向上，没有一丝家庭背景而成为一位成功人物最明确的见证。

在这儿，我想借用《传记文学》中对您的介绍，做为这篇送别您远行的结束。

顾伯伯，英灵不远，在这儿，在一盏灯下，请让我默默的用心陪着您，一同走一段永生之路吧。

* * *

陆军一级上将顾祝同将军，字墨三，江苏涟水人。顾氏保定军校毕业后，自基层排长起，逐步升至军长、集团军总司令、战区司令长官等，后曾多次出任行营主任、行辕主任、绥靖公署主任等要职。

来台前集"国防部长"、"参谋总长"及"陆军总司令"于一身。顾氏出生寒素，无任何凭借。顾氏治军（无论"中央部队"或所谓"杂牌部队"均服膺其指挥）与从政（曾两任江苏省主席、一度兼任贵州省主席），为人与处世，均有他人所不及之特长，口碑与人望俱佳，有"军中圣人"之誉。

将军一八九三年生，一九八七年元月十七日逝。享年九十六岁。

* 载于一九八七年二月七日《中国时报·人间》

又见笨鸟

笨鸟王大空的确飞得不算快,平均每四年左右飞出一本书,是比较慢的一种飞行法。

我喜欢王大空的人,也喜欢他的书。这一次,看到他的新书《笨鸟飞歌》,心中说不出有多么高兴。回忆起来,如何认识王大空的,偏偏怎么也想不起来。有一回别人问我:"你如何识得王大空先生的?"我顺口说:"他好像是我的同学。"

这句话乍一听上去像是开玩笑的,事实上自有它的因素和情结在。一直把王大空当成好朋友和同学。这种关系,是怎么产生的也不知道。总之,在任何很不有趣的场合,一旦见到那只笨鸟朝我微微一笑,我的心情立即会快活起来,也从不加上"先生"两字,总是连名带姓地喊得很亲近。

我总认为,一个人,文好当然重要,可是"文如其人"就更可贵了。王大空就是这么一个人。

有一次，在一场很不好玩的酒会里，我必须要到一下，给主人看清楚，然后才能够开溜。

那天预测会碰到一位收集小玩意儿的文友，所以在皮包内放了一组苏俄木娃娃给那个朋友带去。为了周全，在皮包内又放了另一组同样的娃娃，万一有人在酒会里向我讨，那么这套候补的就派上了用场。

再也没想到，是那个西装笔挺的王大空，跑到我身边来，轻声问着："你那套木头娃娃还有没有？"

我悄悄地把那一组后备娃娃塞给他，他往口袋里一放，就没事人般的跟别人讲话去了。

当时，我心里吃了一惊，这个大空，在骨子里有着那么一份固执的顽皮，那份童心未泯，令人震动。他，来讨的竟然是娃娃，请看看这只笨鸟不老的秘密。在他面前，什么叔叔之类绝对喊不出口，就因为他给我的感觉那么年轻，只能把他当同学，可是在心中，却是十分敬爱他的。

王大空会说话，而且说得好，是谁都知道的事。却很少有人注意到，笨鸟心思好细，做人也洒脱极了，在他身边，没有不自在的人。

有一次，也是在一场大聚会里，一群长辈极善意地问起我:"三毛,听说你有喜事了,是不是快请我们喝喜酒了?"

我愣了一下,笑说:"没有呀!"

旁边的人一直认为我是在躲问题,接着又追问了几次。当时王大空站在我旁边,接口就说:"没有的事,如果三毛要结婚,她第一个告诉我。"

就这么轻轻一句话,王大空把我的"围"给解掉了。这些小事,他天天在做,我却真正把他的那份细心,放在心里感激。一个人会说话并不是件易事,王大空说话,天时、地利加上他的——人和,就不简单。

在王大空要出第三本书时,我跟他说,那个"笨鸟"两字不可以拿掉,因为"王大空是笨鸟,笨鸟是王大空",已经是路人皆知的事,不用这两字太可惜了。

笨鸟果然一笨、再笨、三笨,真是深得我心。不但笨,这一回笨得连飞带唱的,看上去十分快乐,可见笨鸟飞行技术越来越高。

《笨鸟飞歌》这本书我一共看了三次。在这本书出版之前,个人正好叶落归根,回返到这片离开了二十一年的土地上来定居。看见王大空写的"是归人,不是过客"中的几篇文章时,我的眼眶发热,心里翻腾,那份与他一式一样的情怀——对于自己家园的爱，全都被王大空痛痛快快地讲了出来。当我看见王大空想发起一个"死在台北"的运动时，恨不能在深夜里打一个电话给他，对他说："对啦！对啦！就是这样啊！王大空，好家伙，我真是喜欢你。"

这样精彩的一个人，你能不对他喝彩吗？

笨鸟说他自己笨，刘绍铭说他不笨，我觉得笨鸟还是真笨。那份纯真、那份爱心、那份至今淡泊的胸怀、那份勇于讲话的气度、那份又执著又包容的宽厚，都是"若愚"的笨人才具备的条件。王大空特别提出的"诚实"，在这个人人成精的社会里，竟也有那么多人——如我，在这个字上跟他深深地认同。因为我也笨得很可以了。

更可喜的是，看见另一个不同的王大空，在同一本书里，给了我们属于他的一些爱情故事。

在《笨鸟飞歌》里，有一篇《人生最苦是忤情》，说到当年在上高中的王大空，爱上了一个打篮球的女孩，通了几封信之后，利用极短的假期，乘船、翻山，走了几百里山路跑去看那位女孩。我以为，经过这番折腾，到了见面的时候，必然另有一番起伏，没想到那个少年的大空，只把身上毛衣脱了下来，在空中挥舞，挥完了，两个人没有讲话，而王大空带着"我已经看见她了,已经见到她了!"的狂喜,就这么走了。

这个故事虽然在结局上是令人怅然的,然而看了那一篇之后的好几天里,无论我在忙着什么事,眼前浮现出来的总是那一个高中生,狂跑在操场上,挥舞着那件蓝色的毛衣,把那份纯真得如同明月一般的情,不说一个字地挥了出去。

那个少年,为什么在我的脑海里活生生地一遍又一遍地出现呢?那份感动里,有一些东西,纯净的东西,在这个社会里已是难求了。偶尔看见这份纯,心里总有那么一丝弦被人轻轻拨出几个寂寞的音符——嗳,也是好的。

笨鸟在这本书中做了好几次的逃情者,那不止是他个人的问题。处身在当年那个动荡的局势里,许多生离就如死别一般地身不由主。可贵的是,笨鸟就笨在他的不能相忘和忏情。许多年过去了,如果王大空完全否定了那某一阶段的感情,才叫是个冷漠的人。

笨鸟也不完全做笨事的。昔日的女友,明知住在美国洛杉矶,王大空几度路过,从来不再去看她,只对自己说"相见争如不见",也就算这一生。他的那个"争如不见"是真理,也是看透了人生之后的一种怅然。如果,如果两人再相见,那才叫画蛇添足,就不美了。

所以说,王大空还是个有分有寸又懂得情的人。那分寸之间,捏拿得恰到好处,一般人看笨鸟有没有看出这一点来呢?

再看这本《笨鸟飞歌》,发觉王大空在一篇《风浪马祖行》中,居然提到一本我个人深爱的书籍——《幽梦影》。这又是一惊,亦是一喜。原先,只有一个朋友,可以并谈此书,而今发觉王大空亦提这本比较冷门的书,心中深感欣喜,只是没有时间与他共话。有着这份同感,已经很不容易,在一个忙着赚钱的时代里,还有人如他如我,在那儿幽梦影,可是够笨了吧!

最后看见王大空在书中对于这个社会,这片家园,提出的爱和责任,读来深以为是。看得出王大空对这片土地的热爱是至死方休的。他可以走,他不走。他可以去移民,他不去。他住在一个并不算好的社会里;甚至可以说,一个总往他头上倾倒垃圾的环境里,还在狂爱着这片属于我们的大地。倾倒垃圾不是形容词,是王大空一篇叫做《芳邻不芳》的文章中真实的故事。

最后王大空留给一个读者如我的,是一个强烈的——

"我们的"观念。这种观念,作家晓风有,王大空有,另外千千万万个我们,也有。

　　这本书,说出了许多不同而像的观念和行为,也许它并不如此的文学,可是在字行之间,使我们处身在一个看似升平,其实不然的社会里,着实需要这一类的笨鸟多付些苦心,多写些文章,使我们不能再自我陶醉下去。

　　笨鸟,笨鸟,请你再飞吧!就算一辈子笨下去,而有那么多笨人跟你一起飞,我们这个暴发户的社会,会不会因此起飞到另一个更高的层次上去呢?

　　我肯定,那是会的。

* 载于一九八七年二月二十日《中央日报·中央》

戏外之戏
——为《棋王》戏剧公演而作

那天,去得稍稍晚了一点。走下新象艺术中心的阶梯时,正好看到一个年轻人在报名。那张桌子边贴着海报:"棋王歌舞剧征求演员。"

站在略远的距离看住那位年轻的报名者。他,一件长到膝盖的大衣,质地很柔软,可能是全棉的。走到他的身旁,看见了外套里面恤衫的配色:鲜绿配海军蓝。

头发稍稍庞克,配着那松垮的长裤,正是个好看的时代青年。

报名处的小姐对他说:"你是二十六号,请下楼去等候。"

我对这位极懂得打扮自己的青年微微笑着,就先走了。

楼下应试的一大群人挤在屋外。另一厢,热烈地正在讲说"相声"。不时有那么一阵一阵笑浪,一波一波地传到等候应试的那个角落来。

这一个角落的人也跟着笑，看不出应征这回事对于他们来说，存在着太大的压力。

轻轻推开铺着木质地板的舞蹈室，看见了导演华伦先生、歌舞编舞华伦太太，看到了音乐大师李泰祥、《棋王》制作人吴静吉，当然看到了那台湾的梦幻骑士——堂·吉诃德——许博允。

拉了一把椅子坐在评审的桌后，新象的李白琼递上来一沓要写评语的空白纸张。

今天的日子，不是自己的。歌舞剧评审的条件，是每一个应征者当场唱一首歌、再跳一段舞。歌，属李泰祥审得严，舞，自然是荓劳伦斯·华伦的眼光。我的参加，在那一个下午，与其说是评审，不如说是去看戏。那份心情，愉快得好似放假。

没有过了几分钟，李白琼打开隔音的厚门，开始叫号。恍惚中，好似坐在戏院里，而这场剧，即兴短剧：人物单独上场。

细看站在地板上的一个青年人，笑笑的，递上一卷录音带，大概预备好了要配他自己的舞蹈。是个男孩子。

吴静吉说："请你先唱一首歌吧！"

那位应试者，咳了几声，清好嗓子，放声唱了起来。有趣的是,在放声之前,他讲了一句:"我可是随便挑一首的哦。"他骗人,骗得可爱。

唱呀……唱呀,他的声音已经了然了,评审的一群请他停了,这个唱歌人好似意犹未尽,略略拖到一句唱完,才停止。

"现在跳一段舞看看。"静吉又说,"你脱不脱鞋子?"

那个大男孩自自在在地蹲下来脱鞋、脱袜。音乐一响,人变成一把弓似的,双手好似被一条无形的橡皮筋拉住,收放之间,充满了张力——是个好舞者。比较之下,那唱的部分就弱了。这也是难的,又要人演、又要人唱,这都不够,还要人能跳,三项俱全?又是多么不容易。

当我看到莤劳伦斯·华伦站起来向这位应征者示范几个舞步请他跟着跳时,我猜:这个人,是入围了。

临走的时候,这位大男孩提着他的鞋袜,吴静吉问他做什么,他说,是文化大学什么系的学生,接着又说:"我个人很喜欢舞蹈,可是父母反对——"

听见他最后一句话,使我几乎想笑出来,没有人问他父母如何,他是问一句答三句。同时也使我想到《棋王》剧本里一首歌,叫做《钱是自由》。在那首歌里,男主角程凌一开始也是在唱着:"当我小的时候,我忘记了父母的期望,要做一个画家……"

在中国,在父母巨大的期望中,大概没有几个父母希望子女去做艺术家。做孩子的,往往一生屈服在父母的期望下做人,而结果,就如作文簿子上最后必然出来的陈腔滥调:"我要好好读书,才不辜负父母的期望。"

见到那位——"可是我父母反对"的男孩子走了出去,我的心里又浮出一点点心酸。

接着而来的是一位头发烫成炸弹开花一般的女子。这一个很厉害,穿着高跟鞋跳舞,一下前一下后,最后用右手把头发拍一翻,左手叉腰,扭来扭去地往评审走过来——直迫我们。那股风骚劲,十足是个好家伙。她放。

这时候,坐在旁边的许博允一直推着我,欢喜地喊:"你看!你看!这一代跟我们当年不同了。"

听见许博允这么说,看那开得如同孩子一般纯净的笑容,心里再怎么也怨不起他来。前几个月,当他逼我改编《棋王》时,几乎要哭出来。心里对他又爱又恨,一直向自己喊:"有这样一个朋友,你还需要敌人吗?"

又来了一个略略羞涩的女孩,一站好,眼神含情脉脉地投向李泰祥,轻轻地说:"我要唱一首大师作的歌。"这时,疯狂的许博允立即插嘴："什么大师呀?!我们这里全是大师咃！"那个女孩朝李大师一点首，开始唱。还在听呢，身边那个梦幻骑士又用力推我，说："快看，快看，看李泰祥的表情——"我横过视线，去找坐在那一端的"大师"。我们的大师，半仰着头，半张着嘴，好似要笑，又陶醉在半笑的神情里——凝固住了。

这一回，轮到许博允和我，闷着笑了个够。李泰祥，这《棋王》剧的音乐灵魂，值得一看再看。

每当有希望入围的应征者表演结束时，莆劳伦斯总是站起来，不厌其烦地再重新做一次示范。她的丈夫：导演华伦，拍拍这位合作无间的妻子，笑说："今天是你的日子，去吧！"

我看着这一对艺术工作者，想到华伦夫妇在百老汇编导的几个上演数十年的大型歌舞剧：《国王与我》《窈窕淑女》《俄克拉荷马》……心里对他们又一度产生了感激之情。这一对夫妇，不看我们场地的贫乏，从去年那场大地震的当日开始，默默地为我们中国台湾付出了一次又一次的心血。如果不是导演华伦这么地支持，那个剧本改编是我独自一人绝对做不出来的东西。是他，给了我全然的帮助，也可以说，是他，帮我做掉了那么多繁重的工作。而我们的信心，就放在这位经验饱满的艺术家手里。

应征者一个一个地上,男的、女的。每个人风貌不同,表演的手法各异,可是那份勇于呈现自己的意愿,却是相同的。注视着这一个又一个新生的一代,我的心里涨满了莫名的喜悦和兴奋。就如同许博允所说:"你看!你看!这一代和当年的我们,有了多大的不同。"

的确看见了这份全然的不同,当年,我们没有他们那份昂然的自信。我们摸索,摸索得漫长而艰苦。他们懂得立即掌握住自己要的东西,这,也许就是一个现时代的台北吧!

当,那位才十五岁的小女孩,站在评审面前吱吱喳喳如同鸟儿唱歌一般唱出了她优美又活泼的灵魂时,我的喜悦,几乎就要化做那么温柔的眼泪,将这份乡土的爱,对住这一个自己跑来报名,不请父母陪伴的小女孩身上,倾尽我欢喜的泪。

接着再来的是一次记者招待会。匆匆赶去,欣见聂光炎老师也在座,聂老师的灯光布景效果当然是我们的视觉灵魂,不然这个一九八七年的大台北如何呈现在舞台上?微笑着向聂老师行个礼,眼光转向那匹我们千挑万选的"狼"——好小子齐秦,恨不能上去拥抱他,感谢这位好弟弟的参与。

那天，第一次看见齐秦的眼睛，在这之前的电视上，他老是戴着黑黑的眼镜。他的那双眼睛，用来注视女主角丁玉梅的时候，就该当带着那一点点羞涩和忧伤，这个角色，非他莫属。

那天，没有跟齐秦说到话，一位美国记者跑上来拦住人，要我说，说最喜欢的台北餐馆是哪一家。我的心只在《棋王》身上，餐馆的事怎么跟《棋王》混在一起问呢？她偏偏要餐馆。

没过了几天，编本里的另一个重要男主角的名字，使我们写剧的急着又加了两三首好歌。来者不是别人，剧中齐秦的情敌，居然得到了前师大音乐系主任、声乐家曾道雄的肯于加入。他肯了，天晓得，曾教授也参加了！

看那广告——《棋王》开始售票。左边照片是齐秦，右边又是个美男子、好嗓子——曾道雄。那份快乐，只有农夫大丰收的心情，可以比较。

这份大结合，正如弗劳伦斯·华伦在记者会中轻轻说出来的一句话："我们这些人，各做各的工作，如同一个大家庭一般，和和气气，尽力地做好台岛第一场大型歌舞剧。"

就这样，排练开始了，最累最苦的华伦夫妇、李泰祥、聂光炎老师，还有那批对戏剧热爱的演员，日日夜夜，开始将一个不可及的梦，一步一步，走成现实。

而我们的小妹——张艾嘉，风尘仆仆地赶回台湾，她在做什么？她做了《棋王》的女主角。看一看这批人的爱，看一看张艾嘉的参与，对于这场还没有上演的《棋王》，我的心里，充满着期待和希望。

原著张系国，到目前为止还在美国，我们急切地等待着他的归来。那时候，大家在"中华体育馆"见面吧！这一场《棋王》的戏外之戏，其实对于每一个参与的人，都具备了多多少少的感动和教化……我们的心，是连在一起了。

*载于一九八七年四月二十九日《中国时报·人间》

我在路边大叫
——谏飙车

亲爱的飙车弟弟们，请接纳我对于你们这样的称呼。是的，一群弟弟们：那一群老是在往淡水去的路上，惊吓着我的青少年。

上个星期天的傍晚，我经过内湖开车上阳明山，穿过后山公园下到北投，经过北投开往我心深爱的淡水小镇看古董，到了夜间，不得不取道大度路回到台北来。

大度路曾经是一条我挚爱的道路，为着它两旁的景色，为着那迎面而来的观音山，为着那么宽宏大量的名字，当然，也为着它那长长阔阔没有红绿灯以及任何弯道的一泻到底。那种，好似可以把生命也给它在这条路上跑个痛痛快快的飞扬心情。我，一个生活在人挤人、车挤车，老是觉得整个城市都压在背上的可怜都市人，对于大度路，是由不得地爱恋上了它。

这种爱悦一条路的情怀，弟弟们，我相信在这份欣赏上，我们的心态是相同的。

就是在上个星期天的夜晚，我小小而卑微的白车子，就在一个恍惚里，陷进了千军万马般的机车狂赛里去——那属于你们这些弟弟的。亲爱的飙车弟弟们，请原谅我这一个没有经历过战争的老百姓，在你们横冲直撞蛇行急转，同时拿去了灭音器的车阵在我车子的前后左右怒吼着，超速、包围、突击，加上紧急煞车、单轮跳跃的那场大战里，我被你们吓得不敢快开、不能慢开、不知向左、不得向右，也不能靠边停下来。我感觉到四面受敌，而我唯一保护自己的方法，就只有牢牢地紧握着方向盘，随着千变万化的战况，躲开一只一只向我飞来的流弹，甚而眼睁睁就要出人命的那一霎，都不敢闭上眼睛。

穿过了大度路口，我在路肩慢慢靠边停下来，我靠住车门，掏出一支烟来抽，我点火的时候，发觉手在发抖，我吸烟，手还是抖个不停。

路口聚着好多观众，也聚着生火待发预备再上战场去大拚一场的英雄。路灯下，有人认识我，快乐地丢了车子，跑上来大喊："三姐姐！"我笑着答应了，手还是在抖。我向那位喊我姐姐的骑士递上一支烟,替他点上了火,火花一闪的时候惊见那双充满着生命力的眼睛,那双不戴眼镜、明摆着一副"骑死了拉倒"的那种玩命反抗的眼神,如同刀子一般刺进了我的胸口。

然后,那个喊我三姐姐的弟弟,丢下了还在燃着的烟蒂,向我回头一笑。在我走了几步弯身把烟头替他拾起来的同时,他跨上他的野马,砰一下蹦进那如同流星雨也似的车阵里去。

我盯住那个少年的身影追索,我又看见他冲回来,那时的他,没有戴安全帽,没有扣上那件黑衬衫的扣子,他飞过我的眼前,才丢给我百分之一秒的心神交会,在我狂喊出好似要哭出来了的叫声里,他已经不见了。

我发觉那凄厉的声音是自己的,我发觉我站在路边大声喊,我的那句——小——心——呀——被四周的狂乱的吼声溺灭了,而我,在这么炎热的夜晚,为什么抖个不停?

飙车的弟弟们,你们的确吓坏了好多辆开过大度路的汽车。开车的人不但被你们吓得暂时瘫痪,也曾有一个人,被你们的行径气得就想从此离开,远走他方,永远不再回来。

就为了了解你们,就为了没有跟你们产生过任何代沟,我，一个被你们族类称呼过一次姐姐的人，在这一个话题下，跟朋友们做过多少次的争辩。这只因为，我也曾是一个骑重型机车的人——那不过在这两三年以前才停止了的。弟弟，我们来比一比车的种类，在海外，我骑的是本田BC九百五十CC机车，你们的呢？

许多时候，亲爱的骑士弟弟，我知道你们不是存心为着破坏社会秩序而破坏，你们没有想得太多，没有想得更深，在你们意气飞扬的时代里，在这一个人口爆炸而空间不够的都市里，你们花尽了自己那小小的积蓄，梦想有一天，也跨坐在一辆机车上成为一个拉风的英雄。这种心态，并没有任何罪过，你们选上了大度路，证明了这份好眼光，也并没有错。而这份青春的得以发泄，速度快感的无以言喻，没有经历过的人，是很难了解的。

亲爱的骑士青少年，三姐姐一点也不道学，一点也不冬烘，一点也不会不分析你们飙车的心态就贸然地责备你们，虽然你们不但将许多人几乎撞死、吓死，三姐姐还是不怪你们，更不因此跟你们成仇，毕竟，青春的一切过程，在这一件事情上，也是能够被接受的。

我不敢跟你们讲生命可贵这种话，在你们饱满的青春里，讲这些话，你们是不能了解的。只因你们太年轻，你们以为——死，只是老年人的专利，你以为哪里会飙飙车就死掉呢。万一，你对我说——"死也过瘾。"我又用什么话回答你？不，我不要在这里跟你们争辩，你们也不会浪费时间跟我争辩，在这夜深人静的夜晚，还不如去飙车，对不对？我也不必对你们再提起你们的父母。你会去飙车，你就不懂母亲的泪为什么一看到你又推了机车出门去发疯就滴个不完。你在乎父母吗？你矛盾得很在乎又很想不在乎，于是你也把这种矛盾，在速度的快感里，矛盾地打发掉。

小孩子，疯狂的一群群小子，你们能够再深一层了解到，这种原先只是"玩嘛！"的行为，已经深深地伤害到了社会秩序的安宁吗？你会一脸无辜地对我喊过来——"哪有这么严重？我不过是飙车。"如果你这么想，这么说，我也不能深责你，我只能难过台湾太小，容不下你们这群实在也没有什么不对的野马。

我一向欣赏骑士，也明白什么叫做真正的骑士精神，亲爱的机车弟弟们，我们既然那么爱骑机车，那么我们换一种方式好不好？我们要做就做第一流的骑士，我们每天把我们的马儿刷洗保养得俊美清洁，我们把自己打扮得就如你所想要的那么拉风——用你五颜六色的安全帽。我们可以成群结队，以最优雅的姿态，奔跑在大路的靠右边——我们不跟那些开车的非骑士去抢道，他们可怜，就放他们一马吧。我们虽然个个深藏绝技，可是轻易不显，那才叫做真人不露相。我们在限速内行车，再表示我们的修养又拉一次风。

当我们做了骑士，对街又来一批骑士时，彼此打个V字形的手式，代表"我们彼此欣赏，彼此爱悦，彼此在不战中和平相处"。

骑士是高贵的，那我们就不做不高尚的骑士，更不要傻气到将这件原本极单纯的事情，变质为一项被他人用来赌博的工具。亲爱的弟弟，你们被人利用了而不自觉，你们跟警察起纠纷，放火烧警车，这种行为不可能得到任何人的谅解，即使这一切的起因，只为了年轻。

骑车，可以叫它是一种运动。赛车，也是某种兴趣的代名词。这两件事情，如果能够得到一个好场地，一份严格的安全装备，以上所写的一切，都不会再有例如台北大度路、彰化彰兴路或者屏东战备跑道上的那种严重伤害社会的事件。

  这些已经造成的社会伤害，不能把一切的责任推到飙车的青年人身上去。大度路不能跑，公路不给跑，那么给不给这些骑士一个奔驰的场地呢？在一个场地还没有提供的目前，亲爱的飙车弟弟们，请你们千万想一想，在这人口已经爆炸的岛屿上，我们禁得起这么疯狂的事情一而再、再而三地扩大吗？请你想一想，再想一想，我们不要做社会的负担，我们彼此退让着生活也是一种骑士的精神，在不得已的情形下，请你不再去"飙车"而去"骑车"，好吗？好吗？我的弟弟们，不要以为只有你们在忍耐，在这挤满了五十亿人口的地球上，每个人呼吸一口气，也都在忍耐中存活。

  如果再有那么一个星期天，如果我又被迫陷入飙车的车阵中去而进退不得，那时候，也许我会停下车来，像一个稻草人一般，拿着一支破雨伞挥打过去。我好似看见自己成了这个岛屿上的稻草人骑士，站在路边又哭又叫的——死小孩，给我回家，死小孩，你要不要命，死小孩，你给我慢骑呀——死小孩——给我慢下来……我听见自己的叫喊好似响过了大度路四周空旷的田野，我听见那一声声呼唤有如狂飙般将我忧爱这片土地的身躯撕成片片，而眼前飞驰而过，怒吼而来的，是一辆机车、又一辆机车、又一辆机车、又一辆、又一辆、又一辆……

* 载于一九八七年八月五日《联合报》副刊

我看《凌晨大陆行》

不久以前听说凌晨、王明雄和他们的女儿小咪已由中国大陆回来,做为朋友的我按兵不动。所谓"兵"就是日常生活中的电话。

之所以不急着去闻问,实在出于一片体谅之情。台北人太忙,凌晨更是个勤劳极了的女人。在她洗尘期间,我们做好友的理当了解——尘这种东西她自己去洗的,不必强请吃饭反倒教彼此更沾尘埃。

我等着读她的文章。

同住在一个城市里,竟然甘于只在文章中看看朋友的经历,这种君子之交真是其淡如水。我倒不认为有什么无奈。朋友之间,三五年见一回就很够了。十年也可以,一辈子不见,也没有什么好坏之分。总之不能先去约,双方慎重其事地预先订时间,再订地点,然后牢牢记住不可失约的那种事情,只有在婚礼中的新郎是必要的,其他无大事的实在不必。

写文章,取材是难的。惊涛骇浪并不易写,日常生活难道更容易吗?

凌晨胆子大,有关中国大陆,目前台湾那么多人在动笔,她不避开这个热门话题的原因,我猜,还是在于她有把握。或说,起码她要试一试。

凌晨学的本行是新闻,她的电台节目早已变成了台湾人的生活习惯之一——听着也是听着,不听嘛,好像没看当日报纸似的,有那么些不放心。

她先是说话人,后来加了一项身分——写字人。

现在的凌晨,文字没可挑剔,那支新闻快笔这才派上了用场,又快又准。

凌晨看大陆非常实际,读者也许少部分关心文史、地理,但是凌晨最常在文章中提到的就是价格。这就跟美国《国家地理杂志》里的报导取向不同了。

中国人,包括凌晨和我,对于价格都感兴趣,这并不是表示我们爱钱——我们其实也很爱钱不错——而是,价格是一切生活的基本。如果凌晨下了飞机,服务业加了价格而凌晨文章中不提抗议之事,那就虚虚幻幻不好看了。这一点,不是凌晨迎合读者而这么故意去写的,那是因为,她就是这种据理力争的人,也很看重价格这种事。写来生动的原因,在于不多讲她的本身心情。她报导本身遭遇,这叫艺高。

旅行的随笔,是一种写作的挑战。

旅行的冲击,事实上比起日常生活来要高得多。旅行该是好写才是,其实不然。

旅行就像一盘炒杂碎,吃起来什么都有一点,看上去色彩也算丰富,就算还是刚刚起锅马上端上桌敬客——变成文章,看那一片的乱,怎么讲起?

一不当心,把盘色香味俱全的好菜,写成了一张风景明信片,就给人退稿啦!

凌晨的大陆行,是盘杂碎。

她请读者同游的技巧,是个高明的剪裁师——这和她某一年狂热地去学做衣服,有着不可分割的相连关系。她知道取舍的分分寸寸,一点也不浪费。衣服垫肩目前那么流行,她却不给文章垫什么——她不夸张。

写文章,在某些时候,某些人身上,主观意识强,可能是一种魅力。在"报导文学"上如果也如此这般,那就得把报导那两字拿掉只叫它文学了。文学到底是什么，这看上去深奥，一般谦虚的人不敢说，一说就怕错，国王的新衣，就是这类的故事。

凌晨不穿新衣也不拿国王出来考人笨不笨，在她的旅行里，读者看见了一个活蹦乱跳的中国大陆。别忘了，她目前还是"说话人"当正业的，请看凌晨的文中那些人，多么会说话呀！

她的文章，何止是视觉报导，她使人好似就站在她的身边，听那售货员正在向她怒叱："我没长耳朵，你还没长嘴呢！我就不爱卖给你，你敢怎么样？"

同样的情形，去过的人回来写，就写少了那份十二亿人共挤一片海棠叶子的骚动感。凌晨抓住了中国最大的人口问题，却都只用旅行中小遭遇的小情况，写活了那块大地。

凌晨旅行时，看、听、想，都替读者服务周到。她的听，是一绝。大陆同胞用语与台湾同胞看似相同，其实不大相同。看那小段"紧张世界"，人人口中说紧张，看得我这个读者也紧张万分。这种顺手抓来的耳边话，只有她和张大春。可是，这是报导必要，少了其实也无可奈何，那我也只好不紧张。报导大陆不报紧张，就缺了一种紧张精神，谁要看。

上面说过主观写作,那种写作法,作者写一个事件,一个社会,到头来不留余地给读者本身下结论。作者不客气,写到最后,借着书中人物,讲起自己人生大道理以及是非、道德、价值……把话题尽讲透,读者如果不点头好似就是作者的仇人。这种文章市面上多得是,魅力在哪里呢?魅力在于对付那种不看艺术生命只愿甘心被洗脑的"识字人"——那不是给读书人看的。

我们热爱张爱玲的原因在什么地方,热爱的人当然知道。如果不知道讲了也没有用。

话好像讲远了,其实没有。这个地方,不提张爱玲不行。

一本大陆行,里面洋烟讲了、饭吃了、车坐了、亲也会了、东西终于买成了。争辩、抗议、沉默、欢乐、感伤,什么都有,当然,大陆"民族花朵"——小孩子,也没给忘掉写上那么一群。请看,要忍不住讲大道理下结论的地方,凌晨留下的是好几个小标题的问号。

她把空白留给读者,她请看书的人自己去寻找答案,或说,她不给答案——因为没有答案。总而言之,作者的这支笔对读者很高估,她不洗脑。

讲起小标题,处理杂碎这盘菜,世上只有张爱玲不必用小标题去分类清扫,这是一代大师。凌晨没学张爱玲,是她的聪明。她用小标题,是必要,用得针针见血。

我们看凌晨大陆行,也许可能忘掉那个随行的小孩子——咪。这不是凌晨的粗心,看那小咪不是安安全全跟回台北来了,可见做妈妈的十分尽责。我们在这趟旅行中为什么看不见太多的小咪呢?这是作者故意的。小咪已有两本书了,她的天空、她的成长,如果再续写小咪那也欢迎之至。但是如果大陆行中凌晨笔下不"清场",那十二亿人口之中又加一个小咪东钻西掉,文章搞不好就会乱。

这涉及主题取舍,这一回小咪不是主角,就不要她跑出来。小咪爱讲话,一路讲个不停,但在文章中,作者妈妈捂她的嘴,没给她讲个痛快。这个不许小孩插嘴,文就凝炼。

凌晨的大陆行带回来的世界丰富,读者有若置身在三百六十度的大银幕中,前后左右、声、光、色、彩全在哗哗地流动,身历其境。

最可贵的是,这不是那种以主观价值动不动就要去同情大陆同胞的文章。我们生活与大陆绝对不同——不错。可是大陆是大陆,台湾是台湾,我们不能以极单纯的表面批判去给大陆人民定位。他们之所以生活在今天的局面,背后有着太多历史的因素。光是比较而不去分析原因,是太主观了。

同情有时隐藏着一种优越感——并不完全如此解释,可是一不处理好这个字,分寸之差就使人讨厌。台湾同胞请不要自以为是,在大陆上拿物质去跟人显炫实在肤浅可笑。伤害他人自尊万万不忠厚。

这一点,凌晨、王明雄、小咪,都没有犯毛病。

我们看凌晨在大陆常常去抗议,这就是她的公平之处——要是这种情事发生在台湾,她也抗议。如果,她在大陆不抗议,碰到不合理的事情只是笑笑,那她其实心中就有优越。她的去讲销售员"不长耳朵吗?"正显出她心中的平坦之处。对于中国人,凌晨其实很爱很爱。

凌晨绝不讲政治,她却一定不躲开制度,这又是她的高明。她是报导者,不是批评者。批评,是看过这本书之后可能引起的情况,那就不是她的事了。这个人的笔,有守有分。

有守有分会不会失去文中的活泼?可能。就怕太当心,写来五花大绑、老气横秋。但是我们看见了,这本书是一场电影,连食物的香味都快溢出来了,它活。

以上只是浅谈我对大陆行这本书的心得,其实我所看见的,何止作者技巧,要说还有一车的话可以说。而我为什么要再说呢？把一本书讲得透透的，读者看什么去？那不是又低估了读者吗？

凌晨的先生王明雄也同妻女去了大陆，形影不离的。回来他也写。我们来看看这个读书人又打得一手好网球的他。他对大陆的角度取舍和妻子又完全不一样了。

他写的，也是人，他的触角有时伸向明确分类的文化，而不是生活中一般食衣住行的文化——这两种文化，其实都得观照。

王明雄写庙宇——不是死的庙宇，是那逃得了时光逃不掉庙的捕捉。这些年来，他潜究中国命理，心得甚多。不要误会他乐意替你算命——买左边那幢公寓好，还是挑右边那幢会发大财。他讲的，近乎哲学。

看庙其实还是看人——庙里的人。王明雄爱人，他光看香火旺不旺？是不可能，那他去了也不会满足。他要的是喇嘛、和尚、尼姑的内心世界——在一个社会主义的国家。大陆说话常用社会主义，也用共产主义，民间用语社会主义偏高。

我看凌晨，觉得她用报导文学看大陆的实际生活。细阅王明雄，他用内心世界自我的观照投入庙堂中去，与千年的民间风俗信仰彼此呼应。

在王明雄的大陆行脚中,他滤掉了外在世界的杂质和骚乱,他的心神如此明净而虔诚,他将自己毫不紧张地付与苍天、大地、人子,以及那十年浩劫也拿不去的中国性情。在这次的某几个探访中,他得到了天人合一的交融。

我近年来看人看事,深觉历史的极重要。在这一个观念上,跟王明雄是不谋而合的。我们在王明雄的文章里,可以发现这种历史源流的相连关系在他的思想中时常出现。

也就是说,凌晨看山是山,她走这种方向。王明雄看山也是山,那山已不是这山,这中间,又回转了一步。他们夫妇之间合一本书,分工有默契。

凌晨好看,在于她有一份女人的实际。她的丈夫看他人好看,包括那些烧香拜佛求钱求子求富贵的众生,都带着悲悯和包容。

我们经过王明雄的笔下,跟他踏入"归元寺",看他慢慢挪动脚步,安安静静挤在人群里,由一到五百,数遍所有罗汉。

在他的过程中,他以特有的慢调子笔触,先安静了读者的紧张,再带我们进入那一个在此不能分析一句写作技巧的无涯内涵。当我看见作者叙述到他站在一尊吊在空中的罗汉面前时,他不由自主地向上伸出双手,想随之跃入无限狂喜的世界时,我的心神,慢慢跟随飞入,我好似站立在一种有着浮尘空气的光束之下,在跟那五百尊罗汉轻轻交换信息。我的灵魂被王明雄的这篇文章,带去了大陆。

王明雄眼中的中国,再想提醒读者一遍,充满着敦厚的历史源流以及宗教情操。他也是报导,他用他的心在向读者诉说人间一切的可悯——这也是同情,又同情得那么贴切。

我们看那街头变魔术的老人,如何叫人给小钱猜姓。我们看当时王明雄几乎就要流出来的眼泪,我们看他追着人去塞钱。我们会告诉自己,对了、对了,我也要去追那个人。

再来看看王明雄笔下的大上海。那时的他写出了一场一千多万人共同演出的戏剧。这时候,庙宇不见了、纯净的宗教情操隐藏了。那大上海的电车,响着当当的铃声开来了,那近代史上的人物鲜明地再度跑到我们眼前,他们炒股票、唱戏、跳交际舞……那徐志摩、那陆小曼、那黄金荣、那杜月笙、那个犹太人哈同和他的中国太太……

那张爱玲笔下的大都会,经过王明雄的提示和读者本身的回响,一场一场华丽舞台出将入相地出来啦!这时候,做过读者的我，看书中的现在，想城市的过去。好像看见"百乐门"舞厅的那些女人和舞客。他们深夜里打烊出来时的轻笑，滑落到我耳边。

王明雄这次置身的大上海，是一种超现实的时空混乱。我们南方人——我父母的出生结婚之地上海，自小听得太多。那种乡愁，不是一片湖水的诗情，那是一个"魔幻城市"的呼唤；用出炉面包的气味、风月场所的歌声、梅兰芳的《贵妃醉酒》、法租界英租界的私运鸦片、抢地盘的黄包车夫、白相人的"闲话一句"、骚人墨客的吟诗喝酒、姨太太打麻将时手上的钻戒、小学徒文诌诌的上海话、华洋夹杂的各色建筑、上海滩、跑马场、静安寺路、先施公司、国际饭店、舞台、文明戏、男人、女人、钱、钱、钱……滚滚红尘中那一场一场说不尽的繁华——

这是王明雄的《上海梦回录》，把读者的我，再次吸入幻境，不能自拔。那份狂喜，是生命中真正有血有肉活着的滋味。

我们看《京华烟云》想到北平。

我们看大上海，不可能忘掉张爱玲。

王明雄是怎么去的？他甚而手里拿了当年张爱玲笔下静

安寺路方位的资料。看他。

做为一个中国知识分子,我们必然深爱那个四合院的北平。但是如果有人不喜欢张爱玲笔下的上海,那我拒绝跟这种人讲话。

王明雄的上海;现今的上海以及往昔的上海,如何在他心中澎湃,这篇"梦回录"写来真教人恍如一梦。他是艺术的。

看完凌晨部分,我们喘口气,休息三十分钟。

然后,调适我们的情绪——进入王明雄。

*载于一九八八年五月《皇冠》四一一期

你们为什么打我?

在我年幼的时候,以为世界上只住着一种人,那种人就是在我身边打转转的人。

他们或说北平话、或说闽南话。不然隔壁邻居阿妹妹的一家讲广东话,对面建建的父母全家四川话。至于巷口的老周嘛,他用河南话卖菜。我家爸妈是双声带;忽而宁波话,忽而国语。

这些人组合了我生活的全部天地,直到有一天,一个金发碧眼的传教士上门来拜访。我一开门,他就对我说:"小妹妹,耶稣爱你。"

我惊问母亲:"耶稣我从小就认得,可是这个人是怎么回事?"母亲说:"他是一个外国人。"

从那时候开始,我的用语中多了三个新字。例如,当我看一本书叫做《黑奴吁天录》时,我一面看一面说:"看,外国人对黑人多可恶，把他们当奴隶啊！"后来我知道了史怀哲，又说："这是一个伟大的外国人，反过来去非洲做牛做马救黑人。"当我在街上偶尔看见一个碧眼人在走，我兴奋得几几乎要跳到他面前去大喊："耶稣爱你。"那时候，我只会讲中文，可是，我确定，只要讲上面那句话，那种人就会懂。

后来我才弄清楚，外国人居然还必须分很多种，包括黑人在内，其实都是外国人。后来我又弄清楚了一步：如果有一个法国人，住在巴黎，那他口中的外国人，就包括了中国人在内。原来我也可以是一个外国人。

有一天，我离开了中国，回到外国去，做了好久的外国人——别人眼里的。

回来后，发觉中国同胞以前用的什么番人、番兵、番鬼、番婆以及夷人、夷疆这种字都消失了。洋鬼子也没有太多人用，大陆那边有一阵称为国际友人的，我们这儿干脆白话到底——外国人。

外国人，是一种泛称。

因为久不用中国话,对于这种母语特别用心去听、去看,听人家怎么挑字讲话。看人家如何排字写作。

在许多场合里,我假装低头吃菜,竖起耳朵专注地把别人一句一句话都给一同吃下去,再把合适的消化给自己。这样就不会让同胞笑我脑筋"阿达、阿达"了。

中国人讲话时,凡是碰到大场合,那就不好听。其中必有大道理,叫人点头又点头,不打瞌睡都不行。

中国人小饭馆中一坐下,毛巾一擦脸,随便讲话那个鲜活才如珍珠似的落下来。

可是中国人讲闲话有语病,光是"外国人"这三字就有如此这般含糊的泛指。我们来听听中国人讲外国人怎么讲。

"这种面包呀,吃一顿可以,再吃就吃不消啰——外国人的东西嘛——偶尔为之……"请问,泰国人是不是外国人,他们吃不吃面包当主食?

"我说,外国人笨来稀的,哪里好跟我们中国人比,嘿嘿……"笨吗?联合国里那么多国排排坐,请你指明,到底坐在左边的还是右边的是个笨家伙?还是统统都笨?

"这种嫁外国人的事,多半没有好结果,他们家族观念淡——"请问有没有看过《教父》这本书或电影,意大利人家族观念淡是不淡?

"这种事情呀——如果给外国人在台湾碰上,气也给气死了。"好,如果现在我们把埃塞俄比亚的饥民全部请来台湾,他们是气死还是笑死?

"哦——外国人好冷淡,下次再也不去了。"冷淡!你去过尼泊尔了?

"注意哦——去外国人家不可脱鞋子,你一脱,他们马上拿出空气芳香剂来喷你的光脚。"阿巴桑,你说这话一定不认识隔壁的日本人。

我终于懂了,中国人随口而出的外国人,其实是欧美人的泛称。

我们中国人,是马马虎虎两种生肖结合好朋友之后产生的民族,许多小地方自然打些马虎眼。不过顺口说话并不是两国之间定条约,也不算生死大事。但是,如果我们讲话,定义先弄一清二楚,那听的一方很快就能明白我们讲的是东家长而不是西家短,误会就能减少。说得万一含糊,效果必定朦胧。除非我们指桑骂槐,存心。

我们可以这样讲,试试看:"一般美国人住得相当好,不过大半都是分期付款得来的享受。"也可说:"德国人做事一板一眼，他们的出品我们放心。"又能这么想："嫁个西班牙先生也许幸福，楼上邻居三小姐就是成功的例子。"我们不泛称，我们明指国籍或人种。

这一来，外国人被一格一格分了类，精确性不能说百分之百——这些小格子里的同国人又可分小格子。但整体民族性这么一来就可分别了。不然，顺口说说，一竿子打尽天下外国人并不公平。

说起一竿子打尽外国人，就有真打实例。有一年，在台湾"刘自然事件"：一个美国人一口咬定中国人姓刘的那个，偷看他的美国太太洗澡，把刘自然一枪给打死了。这个杀了人的美国人，没有在台湾审判，乘飞机走了。那一回，中国人把个"美国大使馆"打得稀烂，我有没有去，请不要问。

以上四度指定国家的名字，没有泛指"外国人"或"外国"。

就在闹事的那几天，我有一个住在台北、热爱台湾的国际友人，他当然知道中国人正在打美国人，却穿了一双木拖板，开大门，出来，走到巷子口外悠悠然地要去吃碗牛肉面。就在那时，突然冲出来一群中国人，口里喊着："这里有一个——"抓住这个黄头发的人就打个不停。我的朋友大惊之下,奋起抵抗,这不抵抗还好,一抵抗,那条腿就给打断啦。

我去问候这个受伤的人,他尖叫呀:"——你们为什么打我——为什么打我——"

我敲敲他上了石膏的脚,说:"下次万一我们再打某国人,而又不是打你这一国的时候,你要提高警觉。我们一冲上来,你就得用标准国语高喊——'先不要打,我是丹麦人、丹麦人,大丹狗的丹,麦子的麦,丹麦、丹麦……'"

* 载于一九八八年五月二十五日《联合报》缤纷版

夜深花睡

我爱一切的花朵。

在任何一个千红万紫的花摊上，各色花朵的壮阔交杂，成了都市中最美的点缀。

其实并不爱花圃，爱的是旷野上随着季节变化而生长的野花和那微风吹过大地的感动。

生活在都市里的人，迫不得已在花市中捧些切花回家。对于离开泥土的鲜花，总觉对它们产生一种疼惜又抱歉的心理，可是还是要买的。这种对花的抱歉和喜悦，总也不能过分去分析它。

我买花，不喜欢小气派。不买也罢了。如果当日要插花，喜欢一口气给它摆成一种气势，大土瓶子哗的一下把房子加添了生命。那种生活情调，可以因为花的进入，完全改观。不然，只水瓶中一朵，也有一份清幽。

说到清幽,在所有的花朵中,如果是想区别"最爱",我选择一切白色的花。而白色的花中,最爱野姜花以及百合——长梗的。

许多年前,我尚在大西洋的小岛上过日子,那时,经济情况拮据,丈夫失业快一年了。我在家中种菜,屋子里插的是一人高的枯枝和芒草,那种东西,艺术品味高,并不差的。我不买花。

有一日,丈夫和我打开邮箱,又是一封求职被拒的回信。那一阵,其实并没有山穷水尽,粗茶淡饭的日子过得没有悲伤,可是一切维持生命之外的物质享受,已不敢奢求。那是一种恐惧,眼看存款一日一日减少,心里怕得失去了安全感。这种情况只有经历过失业的人才能明白。

我们眼看求职再一次受挫,没有说什么,去了大菜场,买些最便宜的冷冻排骨和矿泉水,就出来了。

不知怎么一疏忽,丈夫不见了,我站在大街上等,心事重重的。一会儿,丈夫回来了,手里捧着一小把百合花,兴匆匆地递给我,说:"百合上市了。"

那一刹间,我突然失了控制,向丈夫大叫起来:"什么时间了?什么经济能力?你有没有分寸,还去买花?!"说着我把那束花啪一下丢到地上去,转身就跑。在举步的那一刹间,其实已经后悔了。我回头,看见丈夫呆了一两秒钟,然后弯下身,把那给撒在地上的花,慢慢拾了起来。

我往他奔回去,喊着:"荷西,对不起。"我扑上去抱他,他用手围着我的背,紧了一紧,我们对视,发觉丈夫的眼眶红了。

回到家里,把那孤零零的三五朵百合花放在水瓶里,我好像看见了丈夫的苦心。他何尝不想买上一大缸百合,而口袋里的钱不敢挥霍。毕竟,就算是一小束吧,也是他的爱情。

那一次,是我的浅浮和急躁,伤害了他。

以后我们没有再提这件事。

四年以后,我去上丈夫的坟,进了花店,我跟卖花的姑娘说:"这五桶满满的花,我全买下,不要担心价钱。"

坐在满布鲜花的坟上,我盯住那一大片颜色和黄土,眼睛干干的。

以后,凡是百合花上市的季节,我总是站在花摊前发呆。

一个清晨,我去了花市,买下了数百朵百合,把那间房子,摆满了它们。在那清幽的夜晚,我打开全家的窗门,坐在黑暗中,静静地让微风,吹动那百合的气息。

那是丈夫逝去了七年之后。

又是百合花的季节了,看见它们,立即看见当年丈夫弯腰去地上拾花的景象。没有泪,而我的胃,开始抽痛起来。

* 载于一九八八年五月二十日《中国时报·人间》

读书与恋爱

如果人生硬要给它分割，那么谁的半生，也是一座七宝楼台，拆来拆去便成碎片，所见的无非只是一些难以拼凑的颜色和斑纹而已。

不拆的话，的确是一座宝塔，我的自然也是，只是那座塔上去不容易，忘了在里面做楼梯，倒是不自觉地建了许多栏杆。

二十岁，刚刚由一重重的浓雾中升上来，眼前一片大好江山，却不敢快步奔去，只怕那是海市蜃楼。

好似二十岁的年纪，不是自大便是自卑，面对展现在这一个阶段的人与事，新鲜中透着摸不着边际的迷茫和胆怯。毕竟，是太看重自己的那份"是否被认同"才产生的心态，回想起来，亦是可怜又可悯的。

我没有参加联考进入大学，是两三篇印成铅字的文章加上两幅画、一封陈情书信请求进入当年的文化学院做选读生的。这十分公平,一样缴学费,一起与同学上课,一律参加考试,唯一的不同是,同学们必须穿土黄色的制服参加周会,而我不必;同学们毕业时得到学籍的认可,而我没有。不相同的地方,十分微小而不足道,心甘情愿地感激。再说,不能穿那种土黄色的外套,实在是太好了。

注册的时候仍是艰难的,排了很久的队伍,轮到自己上前去,呐呐地胀红了脸,名单上不会印出我的记号,一再地解释情况,换来的大半是一句:"你等着,等最后才来办理。"等着等着,眼看办事的人收了文件,挨上去要缴费,换来的往往是讶然与不耐:"跟你讲没有你的名字,怎么搞不清楚的?"好不容易勉勉强强收了学费,被人睇着冷冷地来上一句:"讲人情进来的嘛——"那时候,虽然总是微微地鞠着躬,心里却马上要死要活起来。

没有讲情,只是在给创办人的信中写出了少年失学的遭遇和苦痛,最后信中一句话至今记得,说:"区区向学之志,请求成全。"信写得十二分地真诚,感动了创办人张晓峰先生,便成了华冈的一分子。

好在注册这样的事半年才有一次,情况不大会改,但也是值得忍受的，毕竟小忍之下，换来的生活与教化是划算的。

那时候的华冈并没有而今如此多的建筑物与学生，校园野趣十足，视线亦是宽阔的，而当年的公共汽车也不开进学校内来，每天上学，必得走上一段适可的路，略经一些风雨，才进教室，在我看来，那是极佳的课外教育。

记得在入学的前一阵，院长慈爱地问我希望进入哪一门科系选读，我的心，在美术系和哲学系之间挣扎了好久。父亲的意思是念美术，因为他一生的梦想是做一个运动家或艺术家，很奇怪的是，他又念了法律。我没有完成父亲的梦，进了听起来便令人茫然无措的哲学系。总认为，哲学是思想训练的基础，多接近它，必然有益的。

大学时代，回忆起来，是除了狂热读书之外，又同时投入恋爱中去的两种唯二情景。那个年纪，对于智慧的追求如饥如渴，而对于一生憧憬的爱情，亦是期待付出和追寻。同学之间，是虚荣的，深觉本身知识的浅薄与欠缺，这使我们产生自卑，彼此比来比去，比的不是容貌和衣着，比不停的是谈吐和思想。要是有个同学看了一本自己尚没有发现的好书在班上说了出来，起码当时好强的我，必然急着去找一找，细心地阅读体会,下星期夜谈时立即给他好看。这真是虚荣,而也因为这份激励和你死我活的争美,读书成了一生的习惯,但却不再为着虚荣的理由了。本班同学中,在书本上与我争得最激烈的,便是而今写出《上升的海洋》与《长夜思亲》的作者许家石。至今十分感谢他当年对我的一番恩仇。

恋爱嘛,那也是自自然然,花,到了时候与季节,必然是要开的,没有任何理由躲开这自然的现象,只是入了大学,便更加理直气壮起来。

其实,我从小便非常喜欢幻想,小说看多了,生活中少数接触的几个异性,便成了少年情怀中白马王子的替身,他们或是我的老师,或是邻家那个老穿淡蓝衬衫的大学生,或是詹姆斯·迪恩——影片《伊甸园之东》的男主角,或是贾宝玉,或是林冲,或是堂哥的一位同学……年龄不同,角色互异。这种种想象出来的倾慕使得平淡的生活曲折而复杂,在当时,是一种精神上的维他命,安全而又不可或缺。

进入大学之后,同学之间十二分的友爱,这是难能可贵的经验,同学们近乎手足之情的关爱,使我初初踏入人群里去时,增加了一份对人世的安然和信任。虽然哲学系的我们几乎天天腻在一起上课、吃饭、坐车、夜谈、辩论、阅读、郊游，可是彼此之间却是越来越单纯，好似除了书本及所谓的"人生观法"以外，再没有可能发生知识之外的化学作用。在那样不知有汉，无论魏晋的日子里，内心竟然隐藏着一丝丝欠缺与空虚的感觉。

我知道那是什么。

缺乏爱情的寂寞，是一种潜伏的恐慌，在那种年龄里，如果没有爱情，就是考试得了一百分，也会觉得生命交了白卷，再说，我的学期总平均只有八十五分。

大二的那一年刚刚开始，我拿了一百九十元台币的稿费，舍不得藏私，拿出来请全班同学在校园外面的小食店吃中饭，菜还没有上来，门口进来了一个旁系的同学，恰好他认识我们班上的一个，双方打了招呼，我们请他一起来吃饭，就在他拉着椅子坐下来的那一霎间，我的心里有声音在说——噢，你来了。

男朋友和买鞋子是十分相似的一件事情，看了几百双鞋，店员小姐不耐烦，追问到底要什么花色式样的，自己往往说不明白，但是，当你一眼看见一双合意的，立即就知道是它了。可怕的是，视觉心灵上的选择，并不代表那双鞋子舒适合脚，能够穿一辈子。

总而言之,那种灯火阑珊处的蓦一回首,至今想来仍是感动的。这件事情不来则已,一来便立即粉身碎骨,当年不顾一切的爱恋和燃烧,是一个年轻生命中极为必须的经验和明证,证明了一刹永恒的真实存在与价值。

奇怪的是,学业并没有因为生命的关注不同而退步,事实上,我从来没有不关注智慧的追寻,无论在任何情况下。

一直跟着这位男朋友——如同亲人般的男同学,到大学三年级。随着时日的相处,恋爱并不是小说中形容的空洞和不真实,许多观念的改变、生活的日渐踏实、对文学热烈的爱、对生命的尊重、未来的信心、自我肯定、自我期许……都来自这一份爱情中由于对方高于我太多的思想而给予的潜移默化。

结果仍是分手了,知道双方都太年轻,现实生活中没有立即的形式可以使这份至情得到成全。

离开台湾的我,在一年后,与这位朋友淡了音讯。

那是自然,是造化,也是最合情合理的一种结束,不能幼稚地视为是双方的变心便作为一切分离的解释。

相聚时的一切悲欢,付出得真真诚诚,而分别的事实又来得自自然然，没有任何一方在这份肯定的至情中强求以结合为终场，在我看来，这是一种认知与胸襟，其中没有遗憾，有的是极为明确的面对事实的成长。

回想起来，在那样的年纪里，这种对待感情的态度，仍是可贵的，虽然我也同时付出过血泪和反省。

那一场恋爱，若一定要用成败来论断的话，它是成功的，其中许多真理；书本中得不着的"直接真理"，使我日后的人生受益极多。

这篇文字，是写我的二十岁，写的是读书和恋爱，其实，也写下了造成今日中年我的一个基石。

* 载于一九八八年八月《当我二十》

欢喜

　　小时候被带去戏院，别人叫做听戏，我纯粹是去看颜色，尤其是花脸出来的时候。我认为要是没有缤纷的颜色，我们人生就不会这样美丽。

　　我从小接触到的颜色就是白色，白其实包括了所有的颜色。小学六年的时光所接触到的只有白衬衫、白球鞋，大不了一块小小的蓝是学校和班级的符号。那时候，我非常喜欢那片大操场，每天下课，走进那片土黄，就觉得好快乐。当时我并不懂得这就是大地的厚实，还只是为了喜爱一块黄色，一片色感罢了。

　　快要毕业那年，我忽然发现居然还有红色在老师的嘴唇上。我期待着，盼望自己快快长大，让我的嘴巴也能涂上口红，变得鲜艳美丽。

　　这三个对色的印象几乎就是永不能忘怀的童年。到了少女时代，我的衣服是单色的，除了米色、白色、咖啡、灰以外，没有其他的颜色。当时，女孩子只知道要素雅，并不晓得配色，以为素雅就是美。现在想起来，才明白青春是不需要颜色来装饰的。

我喜欢一系列的色调，其实都是哀伤的色调，属于秋的颜色。我绝对不会要单纯的原色，如鲜红、浓绿、明黄。因为少年不知道人生的沧桑，所以喜欢的尽是哀伤、强说愁的。人家问我喜欢什么颜色，我便说喜欢所有秋天的颜色，尤其是秋香绿。

至于房间的装饰，那全是没有概念的，随便怎么装饰就怎么住。到了二十多岁，还是脱不了用配色的框框，像米色配咖啡、黄配绿，跳不开传统的方式。直到有一天，我突然发觉，所谓配色是你猛一看它并不相配，穿上身子却配了，这才缤纷了起来。我开始懂得一种杂乱之美。

从前，我不能忍受台湾被子的大刺刺的花色，觉得好土好土。但过了二十年后，回头来看中国的东西，觉得古人真是比我早知道了几千年，而我现在才晓得呢！柳绿配桃红，苹果绿配云蓝，橘红配宝蓝，白配墨绿……这些颜色都是我不会配的。

当我到了西方，我看见他们那么穿，起初仍不敢接受，接着自己慢慢融进去了，再回头来，我才发觉中国人在配色上比他们不知早多少年。

中国民间的扎纸人、纸马，以及布袋戏的小人衣着，粗看很土气、俗味。但是现在我晓得那是几千年文化累积的缤纷。

这是我对基本色彩的看法，我不能说出来我最爱哪一种颜色。过去我会说，我喜欢白、喜欢黑、喜欢灰蓝，但今天除了白色我一天到晚穿它外，其他都被淘汰了。我能说，我现在喜欢一种比较明亮的颜色，这种改变是因为一个人的生命里，一旦缺少这种颜色的时候，你就会去找一个代表那欠缺的东西的颜色，来填补你潜意识上的空虚。

我住在加纳利岛上的某一年春天，走过一片绿色的田野，当时树还是枯的，刚刚发芽，我看到一家漆成淡粉红色的农舍，由于那淡粉红配在翠绿之中，看来实在是奇怪突兀的。但刹那间，我知道什么叫做"诗"了。我望着那一溜淡淡的淡红色从墙上过去，眼泪都激出来了。

另外一次是走过一个工人区，看到工人正在盖一幢房子,他们盖房子没有请工匠,完全是自己动手,父亲、儿子、亲戚、好友大家一起帮忙。等过了几个月,房子落成了,一楼漆成明黄,就像梵谷画向日葵的颜色,加个白框框。第二层漆成鲜紫,又是白框框,第三层是桃红。就在一个灰色的工人区里,矗立了一幢这么多色且活艳至极的三层楼房。荷西看了就一直笑;那颜色不搭配到令人吓一跳,可是我看了却非常感动。我认为他们像儿童画一样,把他们所有的骄傲,他们一生的血汗,在一个可以呈现给自己的时候,他们就用了儿童最赤诚最原始的色感来告诉你:我们多么快乐,我们多么欢欣。

回到台湾来,在迪化街、万华一带,我看到很多人家,他们的神桌上都点着一盏红灯。我是个深夜逛街的人,走在寂静的街道上,往往可以看见二楼或三楼的窗子亮出一抹红光;在巷弄拐角停一个小面摊,摊担的贩子头上飘起两只黄灯,上面还涂有斗大的黑字,这些在别人眼中也许是一种风景,我看到的却是颜色的感动,惊喜与流丽。

跟顾福生老师学画的时候,他一直教我画素描,但我总是画不好。我知道在素描上黑白两色包括了几千几万的颜色层次，但我到底还只是个孩子，我喜欢更具体的东西。因此，当老师说我开始能用色作画，我立刻快乐起来，敢画了。从小对色彩敏锐的我，在此得到很好的基础。后来去了西方，在认识上更有了转变，他们用色大胆，随时随地都可以接触到他们的色感。在台湾则很少看到明快的色彩，我们毕竟是经过了战乱流离。如果是唐朝的人，相信就不是一片灰色的世界吧。

颜色到底还是一种奢侈，当一个人吃不饱穿不暖的时候，是不会想到颜色的，我发现全世界配色格调最低的似乎要数瑞典人了，他们家庭的布置喜欢用太阳的颜色，一屋子是金黄、桔红，沙发、窗帘、地毯全是，又是用得极伧俗，绝不是像中国人那种具有民俗味的黄，他们相当人工化、西方化。后来我想通了，瑞典是一个冰天雪地的北国，他们所缺少的就是太阳光，所以需要用颜色来添补。可是反过来看非洲人，他们非要穿大红大绿，尤其是死了人的时候，他们绝不能穿素色，这又是儿童画的感觉了。瑞典毕竟是高度文化人，而非洲原始的人对颜色的色感只纯然是种儿童的喜悦，他们除了颜色外就是音乐，都是直接感官的东西，不能再接受层次高一点的。他们穿大红花衣，配在浓浓的森林、浓浓的热带，加上鼓声，使他们生出一种气氛，形成特有的民族色彩。

印度则有着神秘主义的色彩，和泰国相同，从袈裟到庙宇处处是一片明黄，这大概跟佛教有关吧。反观我们的宗教信仰则是一种民俗，我们是要拜才拜，拜完了还是回来过自己的日子，没有他们那种宗教的"明黄"。日本人沿用唐代的风采，我一想起来，就是一种日头的味道、木头的色，他们用色向来素雅，但小家子气。日本的"能剧"中，演员穿得好缤纷，五颜六色，但那是凝固的，一如他们和服上画出来的东西一样，不如中国的活泼。就算他们已达到了艺术上的极致，但仍是模仿性的，没有创意的。因为素雅很容易做到，缤纷则非常困难；单纯容易，复杂而又调和就不容易了。其他如印地安、墨西哥等民族，他们的颜色真叫缤纷，显现出他们还有生命原始的喜悦。而我们中国，到底五千年了，我们沉淀下来了，把这个交还给天地，让天地去缤纷。

不论怎样，色是我们生命的东西，连佛家讲到人生的问题时，都说色在前，相在后，相是色造成的，人没有肤色，花没有色来衬托,形相就出不来。所以色实在太重要了,是代表欢喜,代表生命的层次。

* 载于一九八九年四月《谈色》

你是我不及的梦

车子抵达月牙泉的时候,一同进入这山谷的人都往水边奔去。

骆驼全跪着休息了。

我趴在碎石地上,拍摄着一块又一块覆盖在驼背上的布料,那被我称做"民族花纹"的东西。

有声音在一旁说:"这有什么好拍的,不过是一些破布呗!"

我收了底片,弯下腰来抖散着发中掺杂的沙子。突然抬眼,向那围观的人群灿然一笑。

玉莲,那位将我驮进山谷里来的女子,笑着上来问我:"姐姐不上山去?"

我看了看日头,看了看眼前直到天际的瀚海沙洲,又看了看玉莲,说:"好的。我们走走去。"

我束起头发,戴好帽子,蒙上口罩,慢慢跨上骆驼。

"姐姐拉稳,看站起来了。"玉莲喊。

"不怕,没事,"我说,"可以走了。"

玉莲抓着骆驼绳子在我的前方行走。

"姐姐以前看过沙漠没有?"

"看过的。"

"我看姐姐骑骆驼跟旁人不一样。别的人来,把它当马一样骑的。"

"那么下地的时候就不好走路了。"我笑了起来。

我们穿过沙海,沿山丘的弧形棱线往上爬。驼铃的声音诔当、诔当在大气里回荡。再远的山头上,两三匹驼影,停在高处。

玉莲说:"那肯定是日本人。"

"不去管日本人,"我说,"玉莲儿,日子好过吗?"

"可以。一天攒个十来块人民币。"

"那骆驼要吃掉几块呢?"

"骆驼不吃钱,"玉莲笑了,"骆驼吃田里的草——我们给种的。过了秋天,骆驼就吃干刺。"

"能活吗?"我说。

"别的牲口不能，骆驼可以。"

"你们够活嘛？"

"我们一家三口，足够活。"

"到了冬天没有人来骑骆驼了，怎么办呢？"

"我们是——攒的钱省省地花。加上六七月田产出来了，麦子磨成面放起来，冬天不用愁的。"

"你爱人呢？玉莲。"

"爱人在家抱娃娃。"

"不出来索骆驼吗？"

"他并不会拖人。一个客人都拖不到。只知道看看。站了一天到晚的——"

"你是心疼他，才这么说的。"我说。

"他真的是不会，"说着玉莲噗地笑出来了，"哄娃娃事情也怪多的。"

"玉莲结婚几年了？""两年多。"

"一个娃娃？""嗯。还想要一个。"

"不怕罚吗？""不怕。三个就不可以了。"

"不是罚很多钱嘛？""没关系。娃娃好。"

"玉莲你们是农民？""嗳，算是农民。"

"也养骆驼？""小骆驼不好养,是去买现成的大骆驼来的。"

"向谁去买呢？""我爱人和他的爸爸,向少数民族那边去买。一条一千块,要索三天三夜才回来。那边一个叫墟北的地方。""骆驼老了不能再为你们赚钱,你们拿它怎么办呢？"

"我们——就养它。姐姐骑的这条才两岁多。"

我们往更高的棱线上去。

"玉莲,"我说,"你乖,叫骆驼跪下,我下地,换你上来骑着玩儿好不好？"

玉莲吃了一惊："不行的。不行的。姐姐是客人。"

"行的,行的,你上来。"我咯咯地笑了。

"不行的,不行的。"

"那我就滑下——"

我们在高高的沙岗上嘻笑起来。

路,愈走愈陡。大漠平沙全在脚下了。

"累呗？"玉莲看了我一眼,我摇摇头。"累了姐姐也下来走走。"玉莲又看了我一眼。

"不累。倒是你。一心一意,只想把你给弄上来,让我给你索一回骆驼。"

"不行的,"玉莲声音里有些东西掺进去了。

"好。那我也不要再上去了。"

"那我们回去?"玉莲再度迎面向我。

"嗯。去你家里好不好?远不远?"

"好的,"玉莲立即转了下坡的方向,"就在不远的绿洲里边儿。姐姐来早了,要是六月的时候来,田里都是吃的。"

"不妨。我们快去吧。玉莲叫骆驼跑呗——"我们由山上奔跑下来,弄起了漫天尘埃。

"啥?"停车场的人喊着。

玉莲扎好骆驼,说:"这位姐姐跟我家去。"

她索出了一台自行车。

"姐姐,我这就骑了。姐姐,跳上来,不怕摔。"

在那高高的白杨树下,玉莲骑着车,我斜坐在后座,穿过了一排还没有全上芽的树影,往她那绿洲里边儿的家园骑去。

"我们去年分了家,也就是说,里里外外全都分了。田产、收入、房间、炉灶都给分了。我们一家三口算是小家庭,现在姐姐你去的地方是个大房子,我们分到好大的两间房。"

我抱住玉莲的腰,把头发在风里打散了,空气中一片花香加上蜜蜂的嗡嗡声。是一个凉凉的春天。

"姐姐,我还有电视机,是公公买给我们的。不过是黑白的。彩色机太贵了。"

"玉莲你公公婆婆好。"我说。

"是啊。我爱人也好。娃娃也好。"说着玉莲跳下自行车,过了一道流着活水的小桥,指向那不远的大围墙——数十棵合抱的粗细杏花深处的泥房,说:"那就是我的家了。"

从玉莲家里出来的时候,我的手上多了一条大洋红色夹金边儿的方巾,是玉莲从电视上一扯扯下来,硬要送给我的。

玉莲的公公婆婆送到门口,见我只喝了糖茶而不肯留下来吃面条,有着那么一份不安和怅然。

"姐姐赶车回敦煌急呢。"玉莲说。

玉莲的公婆对我说:"下回来家,就住下了,乡下地方有的是空房。吃的少不了你一份。六七月里来,田里蔬菜瓜果吃不尽,还有杏子。"

我向两位家长欠身道别,对玉莲说:"你这就做饭不用送了。我跑路去赶车行的。"

玉莲又去推她的自行车。

她那站在葡萄架下的爱人,手里果然抱着一个好壮的男娃娃。玉莲爱人老是笑着，不吭气。

穿过大片薄绿的田野，穿过那片黄土地上开满着杏花的树园。我们上了桥，渡过溪水。又得离去了。

我望着村落里向那长空飘散而去的一丝炊烟，把鞋子在田埂边擦了擦，笑看着玉莲，说："不想走了。"

"有这么好吗？"玉莲呐呐地说。

我摸摸她红苹果一般的面颊，轻声说："好。"

"我们的日子就是清早起来做做田，晚上天黑了看看电视，外边儿的世界也没去过。"

"外面吗？"我叹了口气，说，"我倒是有一台彩色电视机，就是没有装天线——"

我推着玉莲的自行车跑起来。

"玉莲你们夫妻不吵架？"

"我们从来不吵架的。"

"你们这一大家子十四个人又吵不吵架？"

我们正在薄荷一样清凉的空气中，踩过一地白杨树的影子，往停车场骑去。

我们跳下车子。喘口气，笑一笑。

"你们为什么总也不吵架？"我说。

玉莲被逼着回答，才说："公公是佛教协会的。"接着又说："公婆人好，大家就和气。"

"玉莲你也好。"我看了她一眼，忍不住轻轻转了一下她的帽檐。

汽车来了。一时也不开。

我还是上车了。

玉莲靠到我的窗口边边来，说："姐姐你要是再回来，早先来信，肯定住家里了。房子好大的，这姐姐也看见了。家里东西吃不完。我们日子好过。也不吵架。如果六月来了，田里瓜果满地都是……"

我手上扎住了那方玉莲给我的彩巾，在那奔驰驶过大戈壁、奔向柳园赶火车去吐鲁番的长路上。我再看了一次玉莲公公给写清楚的地址，我拿出小录音机来，重复录了两遍玉莲那家园的所在。

又说——今天是西元一九九〇年四月十三日。我在中国大西北、甘肃省、敦煌、月牙泉。

玉莲，你就是我所得不到的梦。

* 载于一九九〇年六月《讲义》

附录 三毛大事记

1943 年

祖籍浙江定海，3 月 26 日生于重庆，本名陈平，排行老二，有一个姐姐及两个弟弟。

1945-1953 年

跟随父母搬到南京，再迁至台北，入读中正国民小学。幼年时即显现对书本的爱好，小学五年级时就在看《红楼梦》，初中时几乎看遍了市面上的世界名著。

1954 年

考入台北第一女中。初二休学，由父母亲自悉心教导，在诗词古文、英文方面，打下深厚的基础。先后跟随黄君璧、顾福生、邵幼轩三位画家习画。

1962 年

经顾福生推荐,在白先勇主编的《现代文学》杂志第十五期发表处女作《惑》。

1963 年

在《皇冠》十九卷第六期发表《月河》。

1964 年

得到文化大学创办人张其昀先生的特许,到该校哲学系当旁听生,课业成绩优异。

1967 年

只身远赴西班牙,就读于西班牙马德里大学。此时遇到荷西。后就读德国哥德书院,在美国伊利诺大学法学图书馆工作,对她的人生历练和文学进修有很大的助益。

1970 年

返回台湾。受张其昀先生之邀聘,在文化大学德文系、哲学系任教。

1973 年

未婚夫猝逝,哀痛之余,再次离台,又到西班牙。与苦恋她六年的荷西重逢。

1974 年

于西属撒哈拉沙漠的当地法院,与荷西公证结婚。

在沙漠时期的生活,激发了她潜藏的写作才华,受当时担任《联合报》主编平鑫涛先生的鼓励,作品源源不断,并开始结集出书。

1976 年

第一部作品《撒哈拉的故事》出版,"三毛热"迅速从台湾横扫整个华文世界。同年迁往加那利群岛居住。

1979 年

9 月 30 日,荷西因潜水发生意外而丧生,三毛在父母扶持下,回到台湾。

1981 年

决定结束流浪异国十四年的生活,回台湾定居。

同年 11 月,受《联合报》特别赞助前往中南美洲旅行半年,回来后写成《万水千山走遍》,并作环岛演讲。

1982 年

任教文化大学文艺组,教授小说创作、散文习作两门课程,深受学生喜爱。

1984 年

因健康不佳，辞去教职，以写作、演讲为生活重心。

1989 年

首度回到大陆家乡，发现自己的作品在大陆也拥有许多读者。专诚拜访以漫画《三毛流浪记》驰名的张乐平先生，一偿夙愿。

1990 年

从事剧本写作，完成首部剧本，也是最后一部作品《滚滚红尘》。

1991 年

1月4日清晨去世，享年四十八岁。

2000 年

7月，三毛遗物入藏台湾文化资产保存研究中心筹备处，现址为台南市中西区中正路一号台湾文学馆。

同年12月，在浙江定海成立三毛纪念馆，由杭州大学旅游研究所教授傅文伟夫妇筹划。

著作权合同登记号　　图字：01-2013-5894

本书由皇冠文化集团授权，限于中国大陆地区发行，不得销售至包括港、澳等任何海外地区。

图书在版编目（CIP）数据

你是我不及的梦/三毛著.—北京：北京十月文艺出版社，2014.2
ISBN 978-7-5302-1347-6

Ⅰ.①你… Ⅱ.①三… Ⅲ.①散文集-中国-当代 Ⅳ.①I267

中国版本图书馆CIP数据核字（2013）第245024号

你是我不及的梦
NI SHI WO BUJI DE MENG
三毛 著

*

北京出版集团公司
北京十月文艺出版社 出版
（北京北三环中路6号）
邮政编码：100120

网　　址：www.bph.com.cn
新经典发行有限公司发行
新　华　书　店　经　销
北京中科印刷有限公司印刷

*

850毫米×1168毫米　32开本　7.25印张　110千字
2014年2月第1版　2021年10月第35次印刷

ISBN 978-7-5302-1347-6
定价：29.50元
质量监督电话：010-58572393

↑
后环